出租關係

陳守賢、翎羽、梁淼淼、青日、小段 著

出租關係

作者／陳守賢、翎羽、梁淼淼、青日、小段
總編輯／馬鎮梅
責任編輯／王心靈
美術設計／許智超
出版發行／突破出版社
香港沙田亞公角山路 33 號突破青年村
電話：2632 0000　傳真：2632 0388
電郵：breakthrough@breakthrough.org.hk
網址：http://www.breakthrough.org.hk
http://www.btproduct.com
承印／陽光印刷製本廠
2011 年 7 月初版 1 刷

Betrayal of Body

by Jason Chan & Young Writers
First Printing, First Edition, July 2011

ISBN 978-988-8073-36-8

誠邀閣下就突破出版社的書籍發表意見。
請登上 www.btproduct.com/book，在「讀者回應卡」頁面內填寫。謝謝。

歡迎加入突破書籍 Facebook — http://www.facebook.com/btbooks

本書採用環保油墨印刷

每一個
年輕人都應當
乘着夢想的
翅膀出航。
飛翔專號

目錄

序：人人頭上一片天　吳薇薇　6

01　找幸福的女孩　陳守賢　10

02　無限戀愛世界　翎羽　30

03　糖衣寶貝　陳守賢　42

04　迷失在花花世界　梁淼淼　64

05　自主之愛　陳守賢　78

06 新的開始 青日 98
07 褪色的底線 陳守賢 112
08 破碎的夢想 小段 136
09 給自己的歌 陳守賢 160

後記：互動互愛 陳守賢 178

序：人人頭上一片天

「援助交際」這個名詞，早在 90 年代初便在日本出現，這股風氣漸漸蔓延至本港，成為一個嚴重的社會問題。過往「香港教育城」（www.hkedcity.net）與「突破機構」合辦的故事續寫比賽中，雙方曾以親情、愛情的角度出發，亦加入過懸疑、推理元素，再利用創作天地網上平台（http://www.hkedcity.net/eworks/）作為寫作媒介。在本年度的第八度合作，我們決定以社會議題——援交作為故事主題，期望學生能透過創作反思社會現象。

我們很榮幸能邀請到陳守賢（Jason）擔任是次活動的特約作家，Jason 任職傳媒多年，他的寫作題材獨特，風格清新，尤其喜歡透過文字與年輕人交流生命，共同追逐夢想。

《出租關係》這書也不例外，故事講述三位女主角程真真、李少銀及吳嘉冰各自面對生活上的不快，希望透過援交滿足物質、被愛的需要，故事也引入賭博、吸毒等情節，這正正反映青年人在成長過程中所經歷的起起跌跌，以及不斷透過探索及反思找尋屬於自己的位置。至於故事的幾位主人翁能否找到正確的出路，還是留待讀者慢慢細味。

是次故事共分為九個章節，單數章節由陳守賢撰寫，並親自甄選出雙數章節的學生作品。於四個章節的比賽中，我們共收到接近九十篇投稿，而在續寫期間，平台的點擊閱讀人次更超逾 25,000，反應比預期熱烈。看到一羣充滿寫作熱誠的年輕人一起進行創作、互動交流，實在很高興。而且是次的投稿作品無論在文筆、情節鋪設等皆有一定水準，可見同學在資料搜集方面花上不少工夫，這些都是值得我們欣喜的地方。

《出租關係》(網上比賽以《變酸的珍多冰》命名) 的出版不但延續了網上創作的可能，更一圓幾位參加者踏上作家之路的夢想，我們也期望傳媒報道有助掀動大

眾對這議題的反思。

在此感謝陳守賢百忙之中的參與；亦要感謝突破機構的合作；當然還要感謝各位同學的投稿和支持。

有言：「人人頭上一片天」，教育城未來仍然會與「突破」繼續合辦不同類型的寫作活動，讓我們的新一代可以運用「年輕」這項最大的資產去發揮無限、創造無限，為個人的天空添上不同的色彩。

吳薇薇

香港教育城行政總監

2011 年 6 月 13 日

出租
關係

找幸福的女孩 01

陳守賢

「拯救樂壇，無限升呢！《樂壇接班人》，現在開始！」

在觀眾的歡呼叫嚷聲中，兩位笑臉盈盈的主持人走到大熒幕前。近期極速竄紅的男主持人衫美說：「各位觀眾，經過十二星期如殺戮戰場的比賽，『樂壇接班人』將於今晚隆重誕生！」

全場氣氛沸騰起來，阿姐級主持尤美欣接着說：「三十位參賽者經過連番激鬥，至今剩下四位。他們將在節目中比併一番，勝出的就是全城矚目的樂壇接班人，除了豐富的獎金獎品，也將獲得唱片公司的合約一份，換言之，今晚的冠軍有機會隨即進軍樂壇。台下的觀眾，你們希望誰是最後強者？」

薑果然老的辣，美欣姐簡單幾句話，就令觀眾席上的啦啦隊即時高呼：「羅德華！羅德華！羅德華！靚仔過劉德華！」

美欣姐自信滿滿的繼續說：「衫美，我們今日不如打破傳統，換個出場次序，由第四位的參賽者開始介紹吧。」

衫美嘖嘖稱奇：「何解呢？」

「你不覺得這樣更有新鮮感嗎？」

「也是的，美欣姐不愧為司儀天后啊！」衫美附和道。

「哈，這還用說？今晚第四位參賽者就是有『將軍澳牛華』之稱的羅德華，十八歲的他除了年輕之外，也有劉天王的勤奮、正氣的特質，他的參賽歌曲《I Don't Wanna Say Goodbye》說出了熱愛唱歌，夢想在舞台表演的心聲。我知道光陰轉眼即過，希望他能把握機會，努力發揮，繼續留低，不要被『叮』走吧！」衫美幽默的形容，使台下的華迷高聲呼叫。

美欣姐說：「好，讓我介紹第三位參賽者——李飄。」

台下有一羣觀眾高高地舉起紙牌，齊聲吶喊：「李飄！李飄！ We love you！」

「各位粉絲，待我先說完才喊叫吧！十七歲的李飄聲線如其名：飄逸、有個性。今天，她選唱王菀之的《我來自火星》便最適合了！」美欣姐簡而精地介紹。

「接着出場的參賽者是誰？」衫美問現場觀眾。

「冼巨哥，最叻是唱歌！」

「沒錯，有請『情歌王子』冼巨哥，正所謂『聽冼巨哥唱歌，一定唔會甩拖』。今晚他會唱出古巨基的《地球很危險》，我說，今晚的錄影廠將會進行一場激烈的比試，每一個參賽者，都有出局的危險，大家拭目以待。」

台下掌聲雷動，衫美繼續說：「觀眾的反應如此熱烈，為了不辜負大家的支持，相信參賽者定會背水一戰！」

美欣姐點頭，道：「為了提升決賽的專業水準，除了大師級評判外，我們還特別請來四位國際級評判。稍後每位參賽者演出時，一位嘉賓評判就會在台上出現，即場考驗他們的歌藝。大家都知道，唱到一半忽然要接受高人考驗，難度很高的！」

「美欣姐，這真是非常重要的關卡！長話短說，我們請第一位參賽者出場吧。」舞台中央的攝錄機亮了，衫美隆重地介紹：「各位觀眾，有請『情歌天使』程真真！」

「程真真！程真真！」台下的粉絲兵團之首，是一個身穿粉紅色 T 恤的少女，舉起打氣的閃光牌。

「十六歲的程真真是一名中學生，形象甜美可人，嗓子清亮，把情歌唱得格外動人，深受觀眾歡迎。美欣姐，你知道嗎？網民稱她為『情歌天使』，看來，程真真如天使般動聽的歌聲，打動人心。她今天選唱的是近期熱爆樂壇的《給自己的信》。」在雄厚的旁白男聲襯托下，台上的熒幕播出程真真這三個月來的參賽片段，由起初站在舞台上緊張兮兮的樣子，到後來漸漸拿捏表演技巧，水準漸見穩定，並時有精彩演出，讓人看見一

位歌者的成長，的確令人感動。

衫美解說：「這首歌的歌詞透着苦樂人生的意味，程真真也不過十六歲，她如何回顧自己的成長？這首歌的情感，她能否拿捏得好？」

「我們先將舞台交給程真真，觀賞她的發揮吧！」

在觀眾掌聲中，舞台的燈光漸漸調暗，身穿白色連身長裙的長髮少女已經站在台中央。她的瓜子臉上是一雙大眼睛，皮膚白皙，笑容淺淺的，有點「玉女掌門人」的氣質。

伴着歌曲的前奏，程真真羞澀地說：「過去三個月，是我人生中最難忘的日子，我第一次有勇氣面對挑戰，追求心中的夢想，無論賽果如何，我已經盡力了，並將以自此為榮。感謝你們這段日子的支持……」她的目光不期然落在啦啦隊身上，「……我選唱的是《給自己的信》，希望你們喜歡。」

「很相信能成就大愛／很相信能炫耀自己／很貪心願天天很多美好的派對……」程真真陶醉地唱着，她的聲線甜美，感情豐富，向來要求嚴苛的幾位評判也滿意地點頭。

台下的少女觀眾也跟隨着哼唱，真真自信地進入歌曲第二段，此時，評判席後方忽地升起一張金燦燦的龍椅，正是今天的特別環節，第一位國際級評判出場——一位體重至少有三百磅，頭半禿，滿腮鬍子的大胖子。

「我們非常榮幸請來日本知名唱片監製、享譽國際樂壇的著名監製田中野仁先生！」

程真真登時面色發白，渾身發抖，連原本演繹得非常出色的挑戰歌也忘了歌詞。致命性的錯誤，令觀眾席陷入一片死寂。

程真真愈唱愈不像樣，腦海開始浮現一些舊片段，然後，她蹲在攝錄機前，低着頭哭起來。

跑過大角嘴街頭的建材公司、雜貨店、拐彎處的茶

餐廳，染紅髮的青年阿 Black 拉着少女的手繼續狂奔，試圖擺脱身後三名紋身大漢。

「我跑不動了，前面就是警署，我們不如進去吧！」少女喘着氣，對男友阿 Black 說。

阿 Black 回頭，氣急敗壞地道：「你瘋了？那豈非自投羅網？」

「總比橫屍街頭好呀！」少女無法勸服他，只好跟他逃到後巷。

豈料卻走進了死胡同。

「哈哈……Black 少，你跑得那麼辛苦，就是為了把我們引到這裏？」紋身大漢亮刀走近，「你們膽子不小啊！連太歲哥的貨都敢私吞，就該料到有今天！」紋身大漢手起刀落，阿 Black 把少女拉近自己作掩護，混亂之間，她已暈倒地上。

這少女，叫「走冰」。

彩虹坪石邨的小公園內，一個穿校服的女生拉着男生手臂，聲淚俱下：「Roger，你説過真心愛我，答應會愛我一生一世的……為什麼要分手？」

Roger冷冷地説：「哼！愛你一生一世有什麼用？你已不愛我了。」

「我怎會不愛你？你是我最投入去愛的人呀！」女生急了。

「最投入？笑話！愛我，為什麼不跟我睡？」男生愈説愈怒，也不在乎把話説得白。

女生恍然大悟，想着這個月來的交往，一切都無非為了那種事，她的心碎了，輕輕吐出一句：「不上牀就代表我不愛你嗎？」

Roger一副理直氣壯的樣子，説：「拍拖這麼久了，我還沒跟你上牀，要是給朋友知道，我多丟臉！程真真，現在都什麼時代了？要是你真的愛我，一個星期內帶備安全套來我家，不然……以後就算了，別浪費大家的時間。」

程真真仍不願放手，最終被推倒地上。

「本少爺跟你好，算你走運，還在裝模作樣，真不識抬舉！」Roger 正要離開，後面傳來一把女聲曼妙的呼喚：「Roger 哥，快過來……過來看看吧。」

來不及回頭，Roger 已被一載滿液體的塑料袋子打中，全身濕透，一陣腥臊味。Roger 既羞且怒，用手擦拭眼睛，只見一高一矮的女生站在程真真身旁。

高個子女生氣沖沖地罵道：「臭男人，你要安全套嘛，我就送你一個……特別的，看你還敢欺負我的好姊妹不？」

「你們找死是不是？我也奉陪到底！」他正準備反擊，卻遭兩把掃把狂打，叫他屁滾尿流地逃離現場。

「我一定……哎喲……不會放過你們……」

「痛快！」兩個女孩擊掌，並熱烈歡呼：「Yeah ！姊妹同心，其利斷金！」

「多多，走冰，多虧有你們……」話未說完，仍然坐在地上的程真真便嗚咽起來。

多多把她扶到石凳坐下，安慰道：「別為這種壞男人流眼淚，即使你為他付出一切，他還是會甩掉你的！」

「沒錯！真真是學校的高材生，既漂亮溫柔，歌聲又動聽，怎會沒有人愛？別哭……」平常愛裝酷的走冰，搭着真真的肩膀：「以後要小心交男朋友了，幸好沒有吃虧。別傷心，你還有我們兩個好姊妹。」

「我一直覺得愛情最重要，怎麼……」

多多握着拳頭，悻悻然道：「愛情有何重要？你總是為此受傷。依我説，錢最重要。有銀兩在手，哪怕沒有男朋友？」

「錢不重要，要是因為有錢才跟你一起的人，愛的只是你的財富，你怎確定這是真愛？我看，最重要是活得精彩！可我最怕活了一輩子，到頭來不知道自己幹過什麼……」走冰慨歎。

真真一臉悵惘，還是回到那個話題：「我有什麼不好？為什麼要甩掉我？真的有人會愛我嗎？」

「別再胡思亂想啦！」走冰想不出更有力的安慰，頓了一頓，又非常積極地說：「不過，如果同時擁有金錢、經歷和愛情的話，該有多好……」

「誰說不行？你們有沒有看過近期在網上盛傳的 blog？」多多立刻回應。

「哪個 blog？」真真不明所以。

「Kawaii Baby 那個！你們上網搜尋這個名字，很容易就能找到她的網誌。她不但長得漂亮，衣着入時，blog 上還寫着多位男友帶她到處享受生活的事。」多多語帶羨慕地說着，似乎已成了 Kawaii Baby 的讀者。

「早前我也瀏覽過，還不是到處吃喝玩樂？有什麼特別？」走冰有點不屑地說：「聽說，她是當援交的。」

聽着，真真困惑了。

「唉！管她當什麼，總之不是傷天害理。有錢，有愛情，又有豐富的人生閱歷，我就滿足了。」多多雙眼發光。

坪石邨超過四十年樓齡的玉石樓，跟鑽石山一樣，同樣找不到半顆玉石，卻是一個舊式的公共屋邨，住的都是基層市民。對於從小在這裏長大的多多來說，常聽說內地親戚、兒時玩伴過上怎樣安舒的生活，她甚至會懷疑父母當年排除萬難，申請來港定居的決定是否錯了，如今她只渴望長大後有一天能離開這種地方。

多多，原名李少銀，今年十八歲。五歲那年，她隨媽媽從福建來港，一家團聚。因學習能力偏低，降了幾級入學，十八歲還在讀中三。她對學業樂觀，反而最在意外表，身材矮胖，以及賀年桔似的扁鼻子，都令她不滿意自己。有時候，她會自嘲這是「好福氣」的最佳證明；她認為自己運氣不佳是父母改壞名所累：「少」加「銀」，令她命中五行欠「水」，沒有錢，就是窮。於是她改別名叫「多多」，希望帶來運氣的改變。

多多每週都花十五元購買流行雜誌《Why

Touch》，緊貼名牌潮服，她甚至會將「心頭好」的圖片剪下，貼在一本小冊裏，想像自己能擁有的話，如何配襯。有時候，聽到媽媽有鄉里的女兒嫁給內地的較富裕的人家，她更期盼有一天輪到自己，住進獨立屋，過寫意悠閒的生活……

每次回到坪石邨，打開家門，映入眼簾的總是擁擠的環境、破舊的家具及三個吵吵鬧鬧的年幼弟妹，多多常因而沮喪。換過便服，隨便吃點東西，她便拖着疲乏的身軀趕到熟食檔，會合父母。多多父母租了個小店，白天賣魚蛋小吃車仔麪，晚上賣糖水，為生計疲於奔命。作為長女，多多不時要到小店幫忙，有時遇上父母心情不好，她也會很不幸地成為發泄對象。因此，她總會想像，只要家裏有錢，父母就不用那麼辛苦那麼累，她便不用萬事顧着弟妹而可得到更好的栽培。

「喂！這麼快就走了？再唱兩小時吧，我做東！」

在卡啦 OK 房，走冰向幾個咬着香煙，滿身酒氣的金髮少年大嚷。

眾人都沒搭理，揮揮手就散去，剩她一人結賬。

走冰獨自在街上晃了一會兒，又相約別的朋友去酒吧聊天。家裏給予用不完的零用錢，走冰就呼朋喚友到處吃喝。朋友總會帶來陌生人，走冰從不在乎，反正她不缺錢，且有太多難以消遣的時間，只要有人作伴就好。

走冰，原名吳嘉冰，因為讀起來的諧音是「唔加冰」，朋友乾脆叫她「走冰」。

深宵時分，醉意未消的走冰獨自在尖東海旁踱步。

一頭清爽短髮的走冰膚色嫩白，一雙鳳眼及精緻的五官，她真算是美女一名。走冰愛穿一身黑色，加上那遮掩黑眼圈的煙熏眼妝，玩樂的朋友都覺得她特別有個性。

「嘟……」走冰早料到誰會傳來短訊：

爸爸臨時有事，急着往上海公幹，下星期回來，已將這星期八千元的零用錢放在你房間的抽屜裏，省着用。別太晚回家，take care！

對於爸爸的來去無蹤，走冰早已習慣。父母離異後，媽媽把姐姐帶往倫敦生活，她自此跟爸爸相依為命，那年，她七歲。爸爸幾乎天天夜歸，不是到外地談生意，就是在公司通宵達旦，即使從不吝嗇給她零用錢，但走冰心裏仍有一個難以填滿的洞。

海風一吹，走冰就想嘔吐。顧不上那麼多了，她忽然吐了一地。

「哇！我的 Miu Miu 手袋被弄髒了！原來是爛醉的老泥妹在嘔吐，Darling，我不要這樣呀！」

停下腳步，抬起雙眼，走冰才看見身穿性感迷你裙、深紅色魚網絲襪、高跟鞋的少女，對旁邊那個至少大她二十年的大叔撒嬌。

走冰板着臉，兇巴巴地回應:「喂！誰是老泥妹？」

「除了你，還有誰？」少女半步不讓，使僵住的氣氛更冷了。

走冰忽地訕笑，自言自語：「三更半夜與老男人在街上摟摟抱抱的，誰是老泥妹，不說自明吧？」

少女不甘示弱：「這倒是的，我有人陪伴，有人寵，總比你孤零零的醉倒街頭好。這樣看來，你真可憐呢……」

為免舌戰再升級，那位大叔即從錢包掏出一張金色鈔票給他的女伴，並哄道：「何必為這種人動怒呢？來，給你買一件新的。」

少女利落地拿去鈔票，並風騷地吻向大叔：「Darling！你真疼我，不過，這裏還不夠呢！」

走冰不怒反笑，隨即在銀包掏出兩張千元大鈔，送給坐在路旁歇腳的拾荒者。然後，她回身對少女說：「給他總比給你好！賤貨！」

對於少女挽着老男人逛街，而對方甚為慷慨，走冰感到不明所以；但如果金錢可以為自己出一口悶氣，這些錢算不上什麼。

「你！」少女氣得臉色又白又青，早已說不出話來。

多多陪真真逛了一個下午，兩人回到坪石邨，多多趕到小店幫爸媽準備糖水，真真先行回家。

真真家住紅石樓，打開大門之前，她抽了一口氣，讓自己調整好情緒。大門一開，果然又是一室酒氣，媽媽躺在沙發上，手仍拿着酒瓶，絮絮不休：「為什麼……拋棄我們……世上沒一個好人……」話未說完，她又呷了一口，漏出的酒液沾濕衣領。

真真按捺着性子，上前說：「媽，怎麼又飲酒了？你別這樣，爸爸不會回來了……」媽媽的醉態，令真真想起爸爸的不負責任、Roger 的絕情，新怨舊愁湧上心頭，向來擅於隱藏心事的她，竟不由自主地哭了。

母女倆哭了一番，每次都是真真首先鎮作起來，先收拾局面，再預備晚飯。

晚飯後，真真馬上回到房間，躺在牀上胡思亂想：

為什麼 Roger 要跟她分手，為什麼爸爸要搞婚外情，近日連娛樂圈內的模範夫妻都在鬧離婚了，世上到底有沒有真愛？

這時，真真腦海突然翻起多多的話：「聽說 Kawaii Baby 不但長得漂亮，衣着入時，還有多位男友帶她到處享受生活，真是羨煞旁人……」

「Kawaii Baby 憑什麼得到萬千寵愛？」真真走到電腦前，搜尋多多提及的網誌。

同一時間，身處尖東海旁的走冰、剛抵家的多多也分別登入同一個網址。

無限戀愛世界 02

翎羽

「歡迎來到《醉・快樂》，我的生活網誌」

「Kawaii Baby 到底是何方神聖啊？」走冰從前也曾看過這網站，但她受不了當中故作可愛、裝模作樣的照片和賣弄甜蜜的文字。這一趟，她又帶着懷疑點入自我介紹的一欄。

我是一個需要很多人溺愛的女生，喜歡醉醺醺的感覺，清醒總是愁苦。一個甘甜而回味的吻是最迷人的麻醉藥，一刻溫暖的擁抱是最貼心的鎮靜劑。我以戀愛灌溉受傷的靈魂，舊日的傷處早已麻木。管他真心或假意，至少有一剎那，他留戀過我。

「嗯……被溺愛的醉意，清醒總是愁苦……」真真凝視着手旁的電話，期待屏幕閃出 Roger 的名字。

電腦熒幕上，一個標緻的女生戴着鑽石項鍊自拍，

而她在臉旁擺了一個勝利手勢。這是早前的舊照片，附在一篇文字裏：

4月12日　星期日
今天穿了紡紗的杏色連身短裙赴約，特意不配戴飾物。

起初，和阿 Paul 在雅晴坊閒逛，他主動把我帶到一間首飾店，讓我挑選小禮物。我隨手拿起一條心形鑽石項鍊笑了。Paul 二話不說，馬上買給我。連同他之前送我的手袋、衣服和高跟鞋，這已經是第七件禮物。坦白說，這些東西，我並不是非要不可，也未必用得着，不過，我喜歡看見男人為我掏腰包的樣子，那多少代表一個女孩的價值吧！

「哇！三兩道板斧就得到一條鑽石項鍊，Kawaii Baby 真厲害啊！」多多注視着女孩頸上的鑽石鍊子和她肩膊掛着的名牌手袋。

電腦熒幕上的照片是纖瘦嫩白的手，其無名指上戴着刻有 MAN & MILK 字樣的戒指。

4 月 17 日　星期五

愛情遊戲，太容易令人沉迷其中，不能自拔！大部分男友都説只是玩玩，像我們這樣的關係，怎能認真？

今天阿文居然緊緊地抱着我，他壯碩的手臂力度，使我緊貼他的胸腔，我彷彿能聽到他的心跳聲，那幾分鐘盡是溫暖的感覺。那一刻，我真想把自己完全交給他，就這樣直到我們都老了。我愛上他嗎？或許吧，那一刻。

我才不會就這樣栽在一個人手裏。我的情感世界只有愛，沒有恨，閃電式的愛情裏，愛的反面是忘記，永不傷心。

讀到這兒，真真的心情更是複雜，卻又不禁從心底裏佩服起 Kawaii Baby。真真心想，她要怎樣才可以徹底忘記 Roger，同樣活得瀟脱和自信？

4 月 18 日　星期六

愛情為生活塗滿絢麗的色彩！從前的生活只有上學和放學，或是一個人在家等待爸媽何時有空回來看看我。

現在，我的生活更自主，也更輕鬆了。每天只要挑選跟哪個男生去玩樂，他們便會安排一切的行程，除了滿足他們的大男人心理，我知道這也無非是想得我歡心。例如今天，Simon 帶我去看奇幻的人造北極光，綠、白、黃、藍之間，偶爾還透出紫紅色，美極了！男生們總有一大堆神奇玩意是我們難以想像的。世界很大，我不再是從前那隻困在籠中的鳥，因為身邊有人與我比翼齊飛……

獨自吹着冷風的走冰還是不想回家，她與 Kawaii Baby 同樣討厭家中四面冰冷的牆，心裏渴望有人和她遊走天下。

戀愛遊戲好玩之處在於刺激，有時真假難分，那曖昧如氯胺酮，叫人時醒時醉，心癢難耐。我的生活就這樣迴盪着《快樂頌》或是《離別曲》，而我，總在音階的高低之間樂而忘返……

小息時，真真伏在桌上，多多走向她的座位問道：「喂！昨晚沒睡好嗎？幹嗎剛才那兩節課老在打盹？」

「我……」

「不用說，你又為了那個好色的小子而睡不着吧？」多多以責怪的腔調說。

「不是啦，我只是在看Kawaii Baby的blog，你把她的生活形容得那麼幸福，我便好奇去瞧瞧。」

坐在真真身後的走冰加入：「那麼多的男生願意花時間陪她哄她，她一定不愁寂寞吧。」

「一個女生能得到這麼多男生的寵愛，殊不簡單。」真真讚歎道。

「走冰，你不是一向不屑她當援交嗎？幹嗎一下子變了立場？」多多笑說。

「看得出，她只是選擇性地交朋友，天天過着豐富充實的生活，也許這樣的生命才有焦點。以自己的方式尋找快樂，而不是屈從別人的要求，沒想像中那麼差。」

「如果可以像她這樣，也不錯呢。到底是怎樣做到的？」真真好奇地問。

「想知嗎？直接問她吧！」多多問走冰借來智能手機，在屏幕上指指畫畫。

To Kawaii Baby：
我們很崇拜你，羨慕你的生活多彩多姿。到底怎樣才可以結識到這麼多新朋友呢？
by　珍多冰

多多以三人的合稱留言，按下留言發送鍵，便把手機還給走冰。

走冰接過一看，說：「咦？又有新網誌了！」

4月20日　星期一

昨晚和朋友逛街，他也是愛情獵人，我們是同類人。他喜歡被女生仰慕，我享受被男生寵愛。狩獵愛情並不難，女生只要一筆一筆描上眼線，黏上假睫毛，抹上粉底與胭脂形成的完美的面具，你我同樣可以顛倒眾生。

女人天生就是一件藝術品，像一塊玉，要遇上有眼光的匠人，受到欣賞，她就不再一樣。友人則說可以從別人的目光找到自己的價值，沒有什麼比被人仰慕更有滿足感。就是這位前輩把我帶進無限戀愛的世界，說起來要謝謝他呢！

文字下是一幅單着眼的 Kawaii Baby 和一個帥氣男生的自拍合照。

「她的樣子這麼甜美，難怪得到許多男生甘心樂意的進貢。」多多身材較為矮胖，不禁慨歎。

「是嗎？她的化妝濃艷，要是你把眼睛畫到那麼大，也會同樣迷人！」走冰不以為然。

「無限戀愛世界……說不定真的會找到我們的真命天子呢！」真真的眼睛重燃希望。

「有回覆了！」走冰稍稍舉起手機，喊道。

三個女生立即圍在一起，低頭閱讀手機的信息。

To　珍多冰：

這個人可以幫到你們。

msn：lovehunter_mr.black@coolmail.com

by Kawaii Baby

「Add 他吧！」多多心急地說。

真真臉帶遲疑：「這樣不太好吧？……我們並不認識他。」

多多揶揄她：「你不是要找真命天子嗎？別畏首畏尾的！」

「反正只是網上聊天，多交一個朋友也無妨吧。」走冰支持。

多多把電郵資料放進新增聯絡人的一欄，按下「確定」鍵。

糖衣寶貝 03

陳守賢

翌日午膳時間的空閒時間，真真、多多、走冰沒有外出用膳，卻第一時間到操場角落的花圃前，三人手握膠水樽，練習校內的歌唱比賽。這是自由組隊參加的課餘活動，真真重視友情，很想與多多和走冰一同經歷。

真真站在三人中間，充滿感情地唱：「很相信能成就大愛／很相信能炫耀自己／很貪心／願天天很多美好的派對……」

走冰移形換影的站到中央，用其獨特沙啞的聲線唱出第二段歌詞：「寫封信來留住大志／寫封信來提示自己／寫得低／是心中很多似詩的細碎……」

一曲既畢，兩人看向旁邊站着的多多，示意她走上前跟自己調換位置，但多多竟顧着走位，忘記接下的歌詞。

真真輕聲提示：「『懷疑我當天幾多歲』……」

「懷疑我當天幾多歲／令我寫了一句『不怕流淚』。」唱完這句，多多輕輕吐舌。

走冰皺着眉頭，停了下來，說：「怎麼搞的？我們排練了第四次了，怎麼仍這般大意？不是走錯位，就是忘記歌詞。這樣下去，我們輸定了！」

「你明知人家一肚餓就會失魂落魄，我早餐也沒吃，好不容易到了 lunch time，卻又要抵着肚餓練歌，我又怎能集中精神？」多多怨道。

走冰更感氣憤，罵道：「吃吃吃！整天只顧着吃，你從來都是這樣捱不了苦，這樣練下去怎會有好結果？去年我們已連累真真落敗，要是今年再輸，哪裏還有面目見人？我倆輸掉沒什麼大不了的，但我不想連累真真。」走冰愈說愈氣，雙眼快要冒火。

真真解圍道：「走冰，別動氣啦，你明知多多餓不得，不如先休息一下，我們吃點東西再繼續吧。你們為我好，我是知道的，但我不是一定要贏，只要可以跟你們一齊踏台板，已叫我心滿意足。」真真說話特別溫

柔，任誰聽到都會心軟。

「真真，你的歌聲動聽是眾所周知的，從前你曾得過歌唱比賽冠軍，只是去年硬要我們跟你合唱才輸掉。要是今年再度慘敗，我們就更對不起你。」走冰緊張地說道。

去年當真真知道兩位姊妹想參賽，明知她們歌聲欠佳也主動結伴參賽，才換來失敗下場。

多多歎了一口氣，對真真說：「別浪費時間了，你還是自己參賽吧。我與走冰更適合在台下打氣。」多多回頭對走冰說：「對不起，只要吃得飽，我想我應該是一個很不錯的啦啦隊成員。」

真真心中不免難受，緊握着兩人的手，堅定地說：「雖然我喜歡唱歌，亦渴望得獎，但我更重視這份友誼。比起上台唱歌，我更享受大家一起排練、參賽、同台演出的寶貴時光，你們不要太重視獎項，也不要為此傷和氣了。」

多多的眼睛紅了，她上前擁着真真，而走冰剛才的強硬態度亦給軟化了，聲音放溫柔地說：「對！我們是好姊妹！友誼第一，成敗第二。不過多多，你還是要努力啊！」

「Yes，Madam！我們再練一次吧。」

三人各就各位，隨着走冰的手機播出的音樂準備練習，怎料，訓導主任 Miss Yim 正朝她們遠遠地走來。

Miss Yim 是個思想極保守的中年老師，對於學生的言行、衣着、髮式都很挑剔，依她的說法，這是從外到內的全人關懷。但「關懷」這二字，年輕人卻有不一樣的理解。

她來到花圃時，板着臉對走冰說：「吳嘉冰同學，今早已吩咐你小息到教員室見我，怎麼沒來啊？小息不來，我的午飯時間也在辦公室內傻呼呼地等着你，而你……竟在這裏唱歌玩樂？」

「Miss Yim，不是的……」走冰被帶到旁邊的空地，真真與多多遠遠看見師生倆互不相讓的對話。

Miss Yim 訓了一場話，離開時，更向真真露出相

當婉惜的眼神，聽說在許多老師眼中，品學兼優的真真與問題不絕的走冰成為好友後，大夥兒都不免對真真失望，且擔心她會跟走冰一樣成為問題學生。

「走冰又犯了什麼事？」真真緊張問道。

「聽說，Miss Yim 昨日放學後在校門外見到她與鄰校的 Johnny 抽煙，今早就想把她叫到教員室『照肺』。走冰沒當一回事，想必 Miss Yim 會給她『無視校規』、『態度欠佳』這兩宗罪名，看來又要被記小過了。」多多說。

「走冰已經有一個大過、兩個小過了，我真怕她被踢出校。」

「哈……程真真，我們真佩服你能放下身段，明明是老師的寵兒，幹嗎要與這些問題學生玩？還要一起參加歌唱比賽，真是自甘墮落。一早勸你加入我們 Thunder Girls 啦！加上你，我們一定贏盡任何比賽！」

原來是鄰班的 Mary、Alice 及 Nancy，三人曾力邀真真加入她們的 Thunder Girls 組合參賽，卻遭拒絕，心裏一直不爽。剛才目睹走冰被訓導老師逮住，便伺機上前揶揄。

「誰是問題學生？」多多走到 Mary 跟前，怒道。

Mary 囂張地反問:「怎麼好似有點雜音？哪來的？」

她身邊的 Alice 誇張地附和：「我也聽到，什麼聲音這樣吵耳？」

「啊！原來是『應聲蟲』李少銀，難怪幾乎看不見。大家都知道……」Nancy 高聲說道，跟着三人齊聲說：「從來沒有人覺得她存在。哈哈……」

多多是校內極為平凡的女生，其貌不揚、成績中下，沒有出眾的元素，更欠缺當領袖的機會，從來不被重視。

真真生氣地說：「別太過分啊！你們不懂尊重別人嗎？就算我們唱歌的表現不好，人格也總比你們好。」

「哈哈……人格好可以贏到冠軍嗎？走着瞧吧。今年歌唱比賽又是我們 Thunder Girls 的天下了，你們『珍多冰』返鄉下吧。哈哈……」Mary 收到笑容，狠狠瞪

了真真一眼，又帶着權威的說：「Alice、Nancy，我們走！」

「哼！今年比賽，我們一定會贏的！你們注定是手下敗將。」多多想追上前罵她們，卻給真真一手拉住，原來她看到大塊頭社工正朝她們走近來。

「怎麼跟 Mary 她們鬧得臉紅耳赤？沒事吧？」大塊頭開口道。

大塊頭是駐校社工，沒有人記住他的名字，卻因他喜歡煲涼茶，也常在學生情緒波動時，給予關心和輔導，使對方冷靜，不知何時起，就有人開始稱他「火麻仁」。多多常笑說，火麻仁有紓緩便祕之用。

火麻仁到校一年，除了帶領學生上山下海，也辦了許多家長活動，主動關心學生的成長，因老師甚緊張真真和走冰的交往，就吩咐他多加留意。

多多迫不及待地向火麻仁投訴：「Mary 她們真過分，當眾奚落我們……」

火麻仁正想了解事件，知道從學生之間有何張力，不料真真卻止住多多。

「不要多說了，你看 Miss Yim 走了，我們還是快上前看看走冰吧。火麻仁，我們遲些再談吧。再見！」真真拉着多多飛快地向走冰奔去。

Loverhunter_mr.black 説：

小姐，你到底問完沒有？簡直像審犯一樣！

我不是善男順女説：

Sorry 呀！我想對 Kawaii Baby 了解多些。

Loverhunter_mr.black 説：

作為經理人，我每天回答太多同樣的問題了，你們這些少女重重複複都在問相似的事，好煩！

我不是善男順女説：

第一次認識，問清楚一點也是正常的吧。

Loverhunter_mr.black 説：

這樣擔心就別找我了。

我不是善男順女説：

那麼，不如約出來見面吧？

Loverhunter_mr.black 説：

突然這樣大膽？不怕我吃掉你嗎？ Haha……

我不是善男順女説：

本小姐名叫「我不是善男順女」，要是害怕，就不會約你出來見面啦！今個星期六晚七點半，灣仔 New K Karaoke 見？

Loverhunter_mr.black 説：

Kill u !

經過四十五分鐘的網上對話，嚴格來説，是 Mr. Black 被這女生不停追問後，終於可以下線，他看着電腦熒幕露出一抹詭異的笑容。

週六黃昏後，三個女生提早來到卡啦 OK，並在房間引腔高歌。

真真緊握麥克風高唱容祖兒的《可歌可泣》:「可泣的不叫了 / 可歌的不見了 / 被強迫開了竅 / 可歌可泣愛了 / 可惡的只有笑 / 能確保心跳才重要。」

「夠啦！失戀而已，何必整天哭喪着臉，還不停唱悲慘的情歌？你這樣自傷自憐，那個人都不理會了。」多多一邊咬花生，一邊說。

坐在一角按動搖控鏈，挑選曲目的走冰看不過眼，開口道:「你別管她吧！她情毒已深，即使費盡唇舌講多少次，她也聽不進去，就讓她痛快發泄吧！」

「走冰，你到底約了誰？神神祕祕的，明知星期六晚唱 K 最不划算，如果不是好姊妹的話，我才不理睬你！」說罷，多多站起來，正要到外面取第二回美食。進來這房間後，她說過兩遍:「既然付了 K-buffet 的錢，我才不要虧本，吃個夠。」

「別勉強吃得太多，會發胖的。我早說過這一頓由

我結賬。」走冰看看手錶，時間尚早，又信心滿滿的說：「別焦急，好戲在後……」

約定時間過去半小時，才有人推門而進。

「不好意思，我遲到了！」說時遲，那時快，一名陌生男子闖進來。他全身黑衣、貌有七分似吳彥祖，沒來由進來之時，險些兒與多多撞個滿懷。

多多抬眼，大聲叱喝：「喂！這是我們的房間，你……是誰？」

此時，走冰上前推開多多，眨動着一雙用假眼睫毛修飾過的大眼睛，羞答答地喚了一聲：「你……是 Love Hunter？」

「Hi！叫我阿 Black 吧。」男子揮手一笑，散發七分俊俏三分瀟灑。

「請問，誰是『我不是善男順女』？」阿 Black 好奇地打量着真真、多多和走冰。

「我就是！她倆是我的好姊妹 —— 真真及多多。」

這時，電視屏幕播出一首男女合唱的國語情歌《小酒窩》，是真真選來與姊妹合唱的，阿 Black 卻拾起麥克風，又將一枝遞給真真，興致勃勃地說：「賞臉陪我唱嗎？」

真真兩頰漲紅，腼腆地接過麥克風：

「……小酒窩長睫毛 / 是你最美的記號
我每天睡不着 / 想念你的微笑
你不知道 / 你對我多麼重要
有了你生命完整的剛好」

兩人由起初正襟危坐，直視電視熒幕，各有各緊追歌詞，到歌曲中段開始交換眼神，帶着一絲配合歌詞的情意。

看着這一切，多多大感納悶，把面前滿滿一碟子的食物吃光了。

自與 Roger 分手後，真真內心空落落的，此時一曲《小酒窩》、阿 Black 深情的凝視，令她怦然心動。當二人深情對唱時，多多把走冰叫到洗手間。

多多厲聲責問：「喂，你瘋了嗎？約陌生人出來，不怕有危險嗎？」

「唱 K 而已，會有什麼危險？」走冰一臉不在乎，「生活沒趣，學校是最無聊的地方，沒來由又給訓導處記了小過，我真不明白錯在哪裏！你們不是對 Kawaii Baby 有興趣嗎？」

「只是，你不能這樣大膽……沒……問過我和真真便約他出來，他又不是 Kawaii Baby。」

「李少銀，你少來這一套吧。看過 Kawaii Baby 的 blog 後，你別說沒有心癢癢，我斷定你遲早都想約他們見面啦，我只是代大家提早行動而已。」

多多頓時語塞，半晌後才說：「反正無聊，當交個朋友吧。這裏畢竟是公眾地方，他能把我們怎樣？當然，我們自己也不會行差踏錯，只要互相提醒就不會出事。」多多故作成熟。

走冰懶理她，逕自回到房間。

甫進去，已見真真與阿 Black 挨得親近，音樂已換成另一首情歌。多多知道好友感情脆弱，生怕她再陷情網，目光不住往兩人那邊投去；多多的目光也投向他們，卻透着一種不易察覺的酸溜溜。

燈光幽暗的房間一下子給廊子的光線照亮，門邊站了一個棕色長曲髮，身穿粉紅低領口的絲質上衣，閃石牛仔短褲及紫色羊皮長靴的少女。

多多與真真，為少女的艷麗震懾住了，她們一眼就認定這人是 Kawaii Baby。

甫見面，Kawaii Baby 即盯着阿 Black，別有深意地說：「電話也不接，是跟新朋友玩太很開心了吧？我遠遠都聽見你們的笑聲。」

他兩手一攤，不發一言，氣氛有點尷尬。

真真放下麥克風，禮貌地打招呼：「你好，Kawaii Baby，我是真真。」

「我是多多，你好。你真人比照片更美啊！這不是最新的全球限量版手袋嗎？動輒要五位數字……」多多看見珍品，想伸手觸摸。

Kawaii Baby 立即退後半步，不慎流露出厭惡的眼神。

多多自知失禮，連忙道歉。這時熒幕播出一首《A.I.N.Y.》，多多便對真真說：「你的飲歌呀！」

多多借機轉移 Kawaii Baby 的注意力。接過麥克風後，真真立即投入歌曲；多多把另一枝麥克風交給 Kawaii Baby，讓兩人惺惺相惜地合唱起來。

「這次好比阿 G.E.M. 遇上林欣彤……超級巨聲啊！」阿 Black 存圖緩和氣氛。

一曲唱罷，輪到走冰與多多合唱。

Kawaii Baby 坐近真真，讚賞她道：「想不到你唱歌那麼了得。」

「哪裏啊？你才是人靚歌甜。」真真羞答答的說。

Kawaii Baby 輕聲問：「你最近失戀了嗎？」

「你……怎知道的？」真真大感驚訝，為何這位剛相識的人會知道自己失戀，她的雙眼立時紅起來，「我最近跟男朋友分開了……」

「我只是猜測而已。傻女，不要難過，有什麼不開心，不要憋在心裏，說出來，讓我為你分擔。」Kawaii Baby 輕輕拍真真膊頭。

房間左邊的一角，走冰與阿 Black 肩並肩的把玩手機，右邊廂的真真向 Kawaii Baby 訴說情傷，坐在兩者之間的多多百無聊賴，又吃了一碟壽司。

「全世界好男生多的是，別為了一個小角色而放棄整個舞台。相信我，只要經常以最佳姿態示人，就不愁沒有追求者。」Kawaii Baby 鼓勵真真。

多多在旁聽見，主動搭訕:「怎樣才算最佳狀態？」

「你們別怪我直接。剛才第一眼看見你們，我就覺得無論衣着打扮、化妝、髮型統統不行，簡直土氣極了！」

多多撅着嘴巴，憂愁地道:「莫說平日換個形象來討男生喜歡，我們連參加歌唱比賽都沒有像樣的衣服。」

「我們既不懂打扮，也沒能力購置服裝，唉……難

怪 Roger 不要我……」真真又感懷身世起來。

「不要自怨自艾了，以前我們不認識就無話可説，今日既然是朋友了，你們的事就是我的事。」Kawaii Baby 一拍胸膛，豪氣地説：「放心，我會盡力將你們改變形象，無論是吸引異性，還是歌唱比賽，皆有助大大加分。」

「但我們……沒有錢。」真真結結巴巴。

「不用擔心，明天來我家吧。先挑選衣服，之後，我帶你們弄頭髮去。」Kawaii Baby 説。

「真……真的？」多多激動起來。

「Kawaii Baby，我們不過初相識，你這樣慷慨地幫助我們，怎麼好意思？」

「小事，別婆媽。我明早回學校上一節課就回家，反正有空，你們一定要來啊！」Kawaii Baby 仍不時望向阿 Black 及走冰那邊，一陣不是味兒。

「喂！走冰，我們昨天約好了到Kawaii Baby的家，剛才一下課，你便匆匆離開，到哪裏去了？……嗄？你不來了？你和阿Black看電影？」多多沒好氣地掛上電話，對真真說：「你説，走冰在想什麼？才認識一天，就與那人看電影……」

「她家裏那麼富有，才沒興趣來試衣服，由她去吧。我們上去吧！」站在位於天后一幢大廈的大門前，真真無奈地回答。

大門打開，Kawaii Baby穿着一條設計簡約的連身裙，露出一雙修長的腿。她略施脂粉，艷光稍減，更顯青春可人。

「嘩！你家真漂亮，能飽覽維多利亞公園的一片青綠，還有少許海景……」踏進這六百多呎單位，真真被露台外的景色吸引住了，「你家的佈置真有個性，是你爸媽設計的嗎？很有心思呢！」

Kawaii Baby但笑不語，引領她們來到睡房角落的衣帽間。

衣帽間內，不同品牌的衣服鞋物及配飾整齊疊起來，多多看到在雜誌常介紹的款式，此刻盡在眼前，這對她而言，太震撼了。

「不要客氣，喜歡的就拿去吧。反正我也穿不完。」Kawaii Baby雙手交疊的靠着牆壁，懶洋洋地道。

「真不知道怎樣感謝你……這麼重視我們。」真真感激地道。

「視我為朋友就別再客氣了。從今以後，我們就是好姊妹，有福同享、有難同當！」Kawaii Baby 搭着真真及多多的肩頭，兩人不約而同地點頭。

迷失在花花世界 04

梁淼淼

Kawaii Baby坐在沙發上拿着手機，專注地發訊息，清麗的臉龐顯得憂心忡忡。多多和真真正從房間裏走出來，Kawaii Baby立刻按下發送鍵，並把電話隨手放在墊子下，臉帶笑意地迎上前。

手提電話的屏幕還亮着:「訊息發送中……Black。」

真真站在客廳中央，低頭拉着白色蕾絲連身裙，裙擺極短，叫她總覺得不太合身；腳上淺藍色的三吋高跟鞋與裙是絕配，但平日穿慣平底娃娃鞋的她，因穿上這麼高的鞋而走動困難。

多多挑了一件啡色豹紋絲質上衣、牛仔熱褲、一雙黑色及膝靴，因為沒有化妝，素臉的多多看來更像小朋友裝大人。

Kawaii Baby忍着不笑，親自指導：「多多與這種裝扮實在不太match，女生穿衣最大原則是穿出自身風格。」

Kawaii Baby 逕自走進衣帽間，找出一件深藍色的碎花棉質連身裙，着多多換上，然後又拿出剪裁合身的卡其色皮背心、棕色的流蘇短靴，放進房間內，便與真真一起帶上門，退出客廳。

「你有很多衣服呢！各種風格齊備，令人好像置身日本時裝店。」真真邊走邊讚歎，「可是，這條裙太短了……很不自在。」

Kawaii Baby 停在真真面前，讓她自轉一圈，說：「你很會挑衣服，這一身的配搭很適合你啊！裙子短才顯得腿長，你身材高䠷纖瘦，怕什麼？你只是不習慣而已，多穿幾次就好。」

多多再次從房間走出來，真真驚呼：「效果好多了！多多，你穿這身衣服很好看！」

Kawaii Baby 見她手上掛着皮背心，便走過去替她套上，說：「碎花裙不能這樣穿，看來太像村姑了，宜加上這背心，造型馬上截然不同。看，現在多好看。」

多多站在鏡子前怔怔地看着自己，她從沒想過可以變得這樣漂亮。

她和真真興奮地擺出不同的姿勢，Kawaii Baby 用智能手機為她們拍照，心想，她們果然是可造之材。

「要徹底改造形象，光靠衣服是不夠的，還要化妝品幫上一把，才能讓你們成為人羣中發光的女孩。」Kawaii Baby 指着梳妝枱上華麗的化妝箱。

塗上裸色唇彩，走冰把它放進化妝袋，再以碎粉固定臉上的妝容，拉直校服的裙擺，便步出洗手間。

阿 Black 站在門口旁邊，拿着手提電話發愣。

「看什麼看得這樣出神？」走冰踮起腳，偷看他的手機屏幕。

「細路女，偷看大人的東西是不對的！」阿 Black 按着她的頭，把電話放進褲袋。

「裝什麼神祕？我們進場吧！」走冰挽着他的手

臂，走進電影院。

真真坐在鏡子前，一動也不動的，任 Kawaii Baby 在她臉上塗塗抹抹，不消十分鐘已大功告成。

Kawaii Baby 放下化妝掃，站在真真身後，把頭靠在真真的臉，滿意地笑了起來，然後便上洗手間去。

真真的五官長得不錯，化妝後就是名副其實的「美女」了。

多多看着鏡裏的真真，說：「臉頰粉紅粉紅的，很可愛！」

多多的輪廓不是很分明，較難上妝，Kawaii Baby 出動剪刀、雙眼皮膠紙，為她調整好無神的單眼皮，再用鼻影掩飾扁塌的鼻樑，塗抹的工夫明顯較多，Kawaii Baby 不住講解化妝的步驟，手法熟練而精準。

多多的輪廓漸漸立體起來，微鬈的假髮使圓圓的臉型變修長多了，眼睛變大了，長而濃密的眼睫毛在眼睛

眨動時特別晶亮，整張臉在柔和的燈光下散發着少女氣息。

「Kawaii Baby 是化妝專家呢！你化妝技巧真高超！你為什麼會懂這麼多？」真真對 Kawaii Baby 讚不絕口，多多仍然不太相信自己這張平凡的臉和變得如此精緻。

Kawaii Baby 輕輕一笑，說：「一件好的貨品如果沒有高雅的包裝，它就攀不上好價位。一件新產品，大家當然不知道質素如何，但包裝的功力足以影響銷量；女生要打扮漂亮才有自信，才會吸引別人的目光。每個人都是一塊未經琢磨的石，有青春而不懂打扮，實在暴殄天物。」

「可是，每次都精心打扮，太花時間了吧？我們還是學生，應付學校的功課已耗掉大部分精力了，還有測驗考試……」真真懷疑自己能否持之以恒。

「我以前也是這樣的，但只要你們到街上走一圈，就會找到動力了。走吧！」Kawaii Baby 穿上外套，戴上帽子，帶着二人走到街上去。

從天后步行到銅鑼灣約十五分鐘的路程，她們選了穿過維多利亞公園那一段路。途人注視的目光不絕，甚至有男生走過了還是會回頭，真真渾身不自在，一直縮着肩膀低下頭。

經過精心打扮後的多多，像換了一個人似的，抬頭挺胸，一副模特兒模樣，享受途人的羨慕目光。

真真故意壓低聲線，對 Kawaii Baby 說：「你看……他們在看我們嗎？」

「打扮太誇張了吧？我覺得很不自然。」

Kawaii Baby 笑道：「哪會不自然？我覺得很自然啊！習慣就行了，再走一段路就到。」

三人來到崇光百貨二樓，Kawaii Baby 漫不經心地逛着，幾乎每一間店舖的售貨員都會主動走近，親切地向她推介新款衣飾，並拿出好幾種款式給 Kawaii

Baby，表現殷勤有禮。

多多平日甚少逛這類百貨公司，因為這些銷售貴價服飾的店員總會憑衣着外表衡量客人的消費能力，從而提供相對應的服務。過往，這裏的店員都以職業笑容說句歡迎光臨，便把她當空氣一樣視而不見，莫說招待，連站在店裏也覺不受歡迎，有一種被監視的感覺。

然而，Kawaii Baby 彷彿貴賓一樣，有的店員遠遠看見她，已對她展露了最標準的燦爛的微笑。看着這一切，多多猜到 Kawaii Baby 是經常光顧的熟客人，不禁說了一句：「你真受歡迎！連店員也對你這麼好，我好羨慕啊！」

「因為我是……VIP。」Kawaii Baby 含笑回答。

「我這身衣服是不是在這裏買的？」真真指着自己的白色蕾絲裙，「你家很有錢吧？」

Kawaii Baby 搖頭，輕描淡寫地道：「男朋友給我買的。告訴你們，這都是靠妝扮的魅力，有了漂亮的外表，你們想要什麼都可以。」

Kawaii Baby 這句話深深刻在真真和多多的腦海裏，即使分別後，她倆仍思考着這句說話。

「我們還是學生，根本買不起這麼貴的衣服。」

「真想在一夜之間富起來，我就不用活得那麼拮据。」多多盯着令人眼花繚亂的衣服，心裏不是味兒。

「錢是靠自己賺的！我讀中學時已半工讀，不怎麼花時間又能賺錢自己花。」Kawaii Baby 拿起兩件秋季新裝給店員付錢，說：「送給你們，算是我們友情的紀念吧！」

「太好了，謝謝你呢！我們的歌唱比賽終於有漂亮的衣服了！」多多老實不客氣，興奮得把衣服拼在自己身上，手舞足蹈起來。

「Kawaii Baby，你幫我們改變造型，又送我們衣服，對我們太好了！現在時間不早，要不讓我們請你吃晚飯，當作謝禮吧！」真真的眼神充滿感激。

「你們還是學生，又沒有兼職，別為我破費了。等你們賺到錢以後再請客吧。附近有一間好吃的泰國菜

館，我很掛念那裏的珍多冰，你們陪我吃，好嗎？」Kawaii Baby 提議。

「珍多冰是什麼？我未喝過呢！」多多心情大好，笑瞇瞇地說，「珍、多、冰……聽起來好像我們三人：真真、多多、走冰的合稱，你說是不是？」

聽見「走冰」二字，Kawaii Baby 的表情凝住了，她悄悄伸手探進口袋，只見手機屏幕沒有顯示任何訊息。

「你真是有創意，我們現現就去嚐嚐吧！」Kawaii Baby 說罷，三人手笑笑說說的離開了銅鑼灣最熱鬧的地方。

電影院的銀幕播放着一套青春愛情電影，走冰抱着許多憧憬與阿 Black 約會，可是他的手指一直在膝上的背包裏忙碌，走冰已猜到他正忙着發送短訊。

「你忙完沒有？」走冰終於忍不住把頭往右靠，想偷看阿 Black 的電話屏幕。說罷，才驚覺阿 Black 另一邊的身旁換一個陌生男人，兩人迅速地文換了一個袋子，無聲無息的，男人便離開了。

「你有口袋嗎？」阿 Black 從袋裏取出幾個小袋，塞進走冰的書包，又將其他的小袋放進自己的背包。

「你在幹嗎？這是什麼？」走冰不解。

「是個好東西，試過你就知。」阿 Black 安撫走冰道。直至電影播放完畢，兩人才一起步出電影院。

然而，這一齣戲，走冰根本沒有心情看，她大概猜到阿 Black 約會她的目的，還以為阿 Black 對自己有好感，原來只是想利用她。

兩人並肩前行，卻各有心事。阿 Black 又拿出手機發短訊：「貨已到手，今晚老地方見。」

走冰默然不語，只顧想事情，絲毫沒有察覺背後站了一個熟悉的身影……

「吳嘉冰，你昨天放學後往哪裏去了？」訓導室內，Miss Yim 厲眼瞪着她，像一頭兇惡的豺狼。

走冰神情迷惘，呆呆的站着半晌，才輕聲應了一句：「回家。」

「不要說謊了，我親眼看見你身穿校服，跟一個不良青年在電影院，走的時候還牽手，你知道這是敗壞校風的行為嗎？」Miss Yim 的聲音很大，在狹促的訓導室裏形成回音。

真真和多多收到消息便趕過去，靠在門外偷聽。

「走冰今天的樣子特別呆滯，你有發現嗎？」多多在真真耳邊輕聲說。

「不知道昨天她和阿 Black 發生什麼事情，真替她擔心。」真真的耳朵貼着木門，靜靜地偷聽房間內的情況。

「等她出來一定要問個明白。昨天都是因為她重色輕友，拋下我們兩個，自己去了交男朋友！這樣做太沒有道義了。」

突然，一隻大手輕拍她們的肩膀，兩人嚇得差點沒叫出來，回頭看，站在她們面前說話的正是火麻仁！

自主之愛 05

陳守賢

教員室外，個子修長，結實黝黑的火麻仁瞪大眼睛，莫名奇妙地説：「程真真、李少銀，你們幹嗎站在這裏？」

「幹嗎一聲不響的出現，想嚇壞人嗎？」多多沒好氣道，打算拉着真真走開，「別亂猜！我們來找老師問功課而已……」

「呵！原來如此，先別走，我有好東西給你們。」火麻仁從身後拿出兩瓶深綠色的飲料。

多多和走冰面面相覷。

「這是新鮮苦瓜汁，雖然顏色難看，但能清熱解毒，對身體有益。連流行歌也這樣唱……」火麻仁拿着苦瓜汁當麥克風，唱起陳奕迅的《苦瓜》來，「青春的快餐只要求快不理哪一家／哪有玩味的空檔來欣賞細緻淡雅／到大悟大徹將虎嘯的昇華／等消化學沏茶／至共你覺得苦也不太差⋯⋯」

雖然動作滑稽，但火麻仁的聲線沉厚，唱起歌來倒有幾分似原唱者，令真真有點刮目相看。事實上，她們並不討厭這位駐校社工，只是有點怕嘮叨，才刻意與他保持距離。

火麻仁喜歡自製健康食品，跟同學們分享，藉此表達關心，也較容易打開話匣子，但真真和多多沒有領情，並託辭有事急步離開。

火麻仁有點失望，向她們的背影大喊：「苦瓜的外表與味道不討好，但清熱解毒，營養豐富，就如做人一樣⋯⋯」

「神經病！真真，我們走吧，走冰應該快出來了。」想着火麻仁的話，真真的腦海響起了 Banana baby⋯⋯

「一件好的貨品如果沒有高雅的包裝，它就攀不上好價位。一件新產品，大家當然不知道質素如何，但包裝的功力足以影響銷量；女生要打扮漂亮才有自信，才

會吸引別人的目光。每個人都是一塊未經琢磨的石，有青春而不懂打扮，實在暴殄天物。」

外表包裝跟人的本質，哪個重要？真真困惑了。

哪管是記大過，還是被轟出校，走冰仍是一貫滿不在乎的樣子，她完全聽不見 Miss Yim 說什麼，只管看着她的嘴巴開開合合，喋喋不休，腦海又浮現出昨晚的畫面……

走出戲院，阿 Black 沒一句道別，自顧自的往戲院對面的酒吧走去。走冰氣上心頭，喝道：「阿 Black，站着！你當我是什麼？」

阿 Black 不耐煩地回頭，說：「小姐，普通朋友吧。我們才認識多久？電影散場了，還留下來幹嗎？是不是到酒吧也必須得你批准吧？」

「你利用我作毒品交易，難道算是『朋友』嗎？」走冰愈想愈惱。

阿 Black 忙不迭捂住她的口，把她拉到一邊，說：「你瘋了嗎？這種事情怎可隨便說出來？」

「做得出來，怕什麼承認？」走冰半步不讓。

原本阿 Black 只想隨便找個單純的女孩作幌子，怎知給走冰識破，避免節外生枝，惟有走為上着。

走冰極力爭取：「本小姐天不怕、地不怕，如此驚險刺激的機會，怎可錯過？阿 Black……我不會誤事的！」

「憑什麼讓我信任你……」

阿 Black 還未說完，走冰便用力抱緊他，並向他的嘴唇吻下去，她想用行動證明自己的感情。

阿 Black 既驚訝又享受，他溫柔地道：「你不單聰明，而且非常熱情，我好 Like 你！」

「本小姐還很大膽……」走冰從阿 Black 的手袋拿出一個小袋。

阿 Black 猜出她的企圖，及時阻止：「你瘋了嗎？這……不是用來吃的。」

「我才不怕。如果上癮了，我就更逃不出你的五指山。」走冰深情地說：「難道你看不出我的決心嗎？」

「別那麼衝動，犯不着吃這些來證明的。從今以後，我們還要共同進退呢！」阿 Black 輕撫走冰的頭，從背包掏出一個銀盒，盒子內有幾根香煙。

走冰看見包裝奇怪，問：「什麼牌子的香煙啊？」

「什麼牌子啊！這是我自己弄的。」

「大麻煙？」

「試過沒有？」走冰搖頭，阿 Black 續道：「要試就試這個吧。保證 High 上雲霄！」

阿 Black 深深吸了一口，把大麻煙給走冰。

走冰用力抽了一口，煙氣隨氣管直達心肺，令她咳嗽起來。不一會，她感到全身輕飄飄的，整個人陷進失重狀態。

「怎樣了？」

走冰沒有回答，卻一股勁兒的傻笑。世界彷彿在高速轉動，她又感到地心吸力消失了似的，輕輕走一步，她就能跳上高天。

半小時過後，連阿 Black 也神智模糊了，兩人登上一輛長途巴士遊車河；走冰靠着他的肩膊，看着窗外的夜色飛也似的退後……

「吳嘉冰，我警告你！再犯規的話，我一定把你轟出校！回課室吧！」被訓話十五分鐘後，這是她惟一清楚接收的信息。

以往，走冰受了委屈，必定立時找兩位姊妹訴苦，但這次她卻立時找阿 Black，向他傳了一個短訊：「想念你，你在哪兒？」

走冰不知為何對阿 Black 有一種不能自拔的着迷。一直欠缺家人關心的她，總渴望一段穩定的關係，即使阿 Black 浪子般的性格，缺乏溫柔，但他終究在沉悶的生活中注入新鮮感。世界上沒有永恆的感情，既然如此，她何必執拗於什麼是真愛？阿 Black 雖有缺點，也終究是個願意陪伴她的人，這一切，不就可以叫她滿足了？

一星期後，在中環六星級酒店的大堂內，真真與多多戰戰兢兢的等待電梯。她們悉心打扮過，並穿上Kawaii Baby送贈的日式潮服，只是，處身瑰麗堂皇的大堂，周遭全是衣着光鮮的男女，二人不免有點拘謹。

多多疑惑道：「Kawaii Baby為什麼約我們在這裏見面？如果她不出現怎辦？在這裏喝一杯果汁，連同服務費要幾乎一百元。」

「放心吧。昨晚我已跟她在電話中確認好了。」真真搭着多多的肩膀，回答道。

多多一臉不解：「Kawaii Baby弄什麼把戲？上次見面後，她一星期也沒找過我們，致電給她，她不是說忙着，就是病了，她是否嫌棄我們了？」

「她不是這種人。待會兒別亂說話啊！免得人家以為我們小器。」與Kawaii Baby失去聯絡，真真也有失落，卻不忘仍叮囑多多不要失言。

兩人來到以黑色和紫色作主調，掛滿抽象名畫的高級餐廳，頭上那盞水晶吊燈閃着星一樣的光。

「彷彿登上鐵達尼號啊！」多多叫了出來，真真用手肘輕輕碰她，提醒別失禮。

這時候，兩人看到 Kawaii Baby 在靠窗的桌子向她們招手。Kawaii Baby 的銀白色薄外套內，是吊帶湖水綠色的連身裙，配上珍珠耳環及項鍊，煞是好看。但她不忘稱讚真真和多多:「真真、多多，你們很漂亮呀！」

「全靠你，我們才能改變形象。」真真微笑道。

「好姊妹嘛，別老提着這事。走冰呢？」

真真歎氣道:「她近來很少跟我們一起了。」

「是啊！她忙着談戀愛就不顧朋友了。」話未説完，多多就捂住了嘴。

「不要緊吧。沒有她，我們還是可以很開心的。」Kawaii Baby 臉上浮現了一絲失落之情。

真真轉換話題:「Kawaii Baby，謝謝你約我們出來，但這餐廳太高級啦，我們沒有能力花錢，也不願花

你的……其實，隨便找一間快餐店……」

「夠了，別再說客套話。我當然想趁機會對你們好一點，朋友既要溝通，互相認識才能進一步發展友誼，因此我想帶你們看看這五光十色的世界，更何況每次都有不同客人爭着付費，我們不用花費分毫的。」Kawaii Baby 輕輕一笑，「今天我約了朋友在這裏吃飯，也想讓你們認識我的朋友。」

「什麼？不用……錢？」多多呆住了。

這時，一位年約四十，外表成熟俊朗、西裝筆挺的男子走近，Kawaii Baby 站起來，上前挽着他的手臂，笑道：「Daddy！」

跟男子相擁後，Kawaii Baby 介紹道：「Daddy，這位是真真、多多，我新相識的好朋友，我想介紹你認識，我們一起吃飯好嗎？」

Kawaii Baby 稱眼前的男人為爸爸，真真和多多大感愕然，她倆齊聲喚：「Uncle！」

「當然好。既然是囡囡的朋友，就是我的朋友了。」男人與她倆點頭，「我叫阿John，很高興認識你們。你們喜歡吃什麼？」

John在席間談笑風生，既講解自己的電腦軟件生意，又大談旅遊經歷。他對Kawaii Baby照顧有加，也經常注意到真真及多多的感受及需要，二人也對他讚賞不已。

上主菜前，三個女孩結伴上洗手間，多多問Kawaii Baby：「他真是你爸爸嗎？」

「當然不是！」

「那麼，為何叫他Daddy？」真真也難以理解。

「John很可憐的，從前太專注事業而忽略了家庭，以為給太太及女兒金錢，就是關心，很少抽時間陪伴她們。女兒升上小學那年暑假，他忙着工作，就吩咐太太帶女兒到澳洲旅行，怎料，他的妻女在異地遇上嚴重交通意外……當場身亡。這些年，他一直活在痛苦中。」

真真心裏難過，問：「那你怎會認識他？」

「是緣分吧。幾個月前，我們在MSN認識，他說

見過我的照片，覺得我跟他的女兒長得很相像，想定期約我見面。」

多多笑道：「父女戀？豈不是亂倫？」

「別心邪！他沒有其他不良目的，只希望我稱呼他Daddy，飾演他的女兒，讓他再盡父親的責任，補償過去的錯失。」看到兩人無言以對，Kawaii Baby 説：「不用大驚小怪吧！我們還是回去吧，免得他等太久。」

在無敵夜景的窗前享用美食後，阿John主動建議到樓下名店逛逛，除了給 Kawaii Baby 買了兩套名牌服飾外，還送多多及真真每人一個手袋。

「時間不早了，你們明天還要上學，早點回家休息吧！我送你們回去，好嗎？」

「不用了，Daddy。我跟真真、多多乘的士就行。你工作那麼忙，一定很累了，早點休息吧。」

John 憐惜地輕撫 Kawaii Baby 的頭，從西裝口袋掏出紅封包給她，就跟三人道別了。

目送他遠去後，多多忍不住説：「John 真好，我做夢也沒想過能擁有這款手袋，真是意外收穫，謝謝Kawaii Baby。」

真真沒那麼興奮，卻問：「我不明白，怎麼我們已經吃他的，買他的，他仍給你紅封包？」

Kawaii Baby 笑道：「每次出來應約，客人都會付見面費。不同情況的收費不一，John 這麼可憐，我象徵式的收取 $1,500。他想對我好，也慷慨地對待你們吧。」

多多又叫了出來:「千……千五？象……象徵式？」

「真真、多多，我今晚請你們來，不是想炫耀什麼，不少人對我有偏見，甚至反感……既是朋友，我只想你們明白，這不過是一種服務性行業。」

「服務性行業？怎也難免色情那部分吧？」

「並不是所有人都出賣身體的。我們與妓女的不同處，在於我們有自主權。跟什麼人約會、約會地點、做些什麼，全由自己決定。你可尋找戀愛感覺，也可幫助他人，就像我和 John 的關係一樣。」

「自主權？」真真與多多對於這三字，感到難以置

信。

「衰女，你往哪裏去了？這麼晚才回來！快拿兩碗紅豆沙到七號枱。」小店前，爸爸呼喝道。

「遲了一點而已。」多多三小時前還身處六星級大酒店品嚐美食，這刻又變回灰姑娘，把一碗糖水放到門外的桌上，她心裏充滿不快，「阿John並非Kawaii Baby的親爸爸仍當她如珠如寶，為何爸爸待我如工人？」

由此，多多想及既然Kawaii Baby能做的事，她怎麼不能？即使不算漂亮，但收費便宜一點，總有市場的吧。不但有人疼，還有收入，而且不用出賣身體，這種服務絕對自主……不過是有選擇性地交朋友吧，何樂而不為？

回家後，多多上網尋找討論區，最後，她登上「愛情聯交所」網站，瀏覽了不少帖子，三圍數字、MK、

BL 各式服務……都令她臉紅耳熱，自問沒有這種膽量推銷自己，這時，她竟看見這一帖子：

寂寞男，$500 找女生陪伴吃飯傾偈，沒有其他要求。

「$500 吃一頓飯，不錯啊！說不定會遇到像阿 John 那樣風度翩翩的客人，也許還會送我禮物。反正他沒有奇怪的要求，應該安全的。何況大庭廣眾下，他不能對我怎樣？」多多躍躍欲試。

多多選定了週末跟寂寞男見面，地點是偏遠的元朗，可避免碰到相熟的人。她為這聰明的安排而沾沾自喜。能找到一個不用怎麼付出的賺錢方法，她不期然想起 Kawaii Baby 的話——「這服務真有絕對的自主權」。

餐廳最偏僻的角落中，多多走近頭戴鴨舌帽，年約三十歲的大胖子，問：「請問……你是寂寞男嗎？」

坦言，這人的出現令多多的浪漫想像破滅了，但想到吃一頓飯就有五百元，怎看也沒有損失。

「我我是是是。你……你你什麼……也不用說。快進洗……手間換上……這套……」原來他嚴重口吃，單單說幾句話已緊張得全身冒汗。

「嗄？換衣服？事先沒有提過，我要求多加一百元。」冷不防對方提出新要求，多多情急智生的加價，以保障自己。胖子想也不想，爽快地答應了，多多倒後悔為何沒有叫價三百元。

多多接過純白的校服裙，心裏慶幸不是性感內衣。校服倒也稱身，她重新站到寂寞男面前時，只是向他眨動眼睛，對方已看傻了眼：「你你你……好好好……靚呀！真……似……」

多多有意識地泛起一抹甜美的笑容：「謝謝你的讚賞，我似誰呢？噢！我還未介紹……」

「不……不要說……你的名名字，由現現在開……始……你你你叫……曾……曾淑……芬。」

本打算用 Bella 為名的多多，沒料到要配合客人改名，雖感不解，但也沒打緊。後來經他非常吃力的解釋，才知道因為嚴重口吃，在中學時代一直遭同輩杯葛，沒有朋友，後來學校來了一名插班生，她竟願意主動關心他，令他嘗到一點溫暖。那人，正是曾淑芬。寂寞男漸漸生出愛慕之情，卻遭對方婉拒，半年後，女孩舉家移民外國，從此音信杳然。

寂寞男大受打擊，對伊人念念不忘，就花錢叫不同的少女穿上母校的校服裙，為他扮作曾淑芬。

「我我我……靚……仔嗎？」

「靚。」

「我……對……對你……好好……唔好呀？」

「好。」

「你……掛唔……掛掛掛掛……住……我我？」

「掛。」

多多強忍着笑，以單字回應了寂寞男好些問題，同時享用美味的西冷牛扒餐；那胖子被她的答案逗樂了，

幾次流下男兒淚。當多多開始可憐他，不好意思賺他六百大元時，寂寞男竟說：

「你你你……今今……晚……可唔可……以……陪陪……我……上上牀……呀？我我……多給……一一一……千元？」寂寞男的雙頰紅了。

多多目瞪口呆。

「不不……好好……意……思，我……從不有這樣……的要要……求，不過…你你你……太太太似……曾淑芬……求求求……」寂寞苦苦哀求。

這晚的風特別大，多多拉緊衣襟，仍感到一陣涼意。她想起剛才拒絕寂寞男之時，對方流露的失望表情，就懷疑是否傷害了他。但想到必須堅持的底線、袋袋平安的六百元，又提醒自己，這不過是一場收費約會，她的罪疚感便如煙消雲散。

回到小店內，多多看見爸爸一言不發、氣鼓鼓的樣子，便上前向媽媽問個究竟。

原來剛才食環署的人來了，因看見他們把桌椅放在街上做生意，便發了告票，媽媽叨唸着，今天的收入都給賠上了。

多多看着告票，又想起了「愛情聯交所」。

新的開始 06

青日

「愛情聯交所」附在網路遊戲的網站，畫面色彩繽紛，按下「社羣討論區」，就會看見許多則關於援交的帖子。有一則題為「小妹妹陪你放暑假」，那是一個報告了自己身高體重、三圍數字的中學生，以過千元的身價為「哥哥」提供性服務；另一則是一位叫小蘋果的女學生，聲稱自己不抽煙、不喝酒、沒有紋身，還説家裏管教嚴，六時半要歸家，內容還附着「入房收錢」、「見面才覺不合適，要付一百元車馬費」……多多讀着這些帖子，她已不會驚訝，倒在思考自己的帖子應該怎樣寫。

Kawaii Baby 説得對，女孩子要趁青春，善用自己的條件，這不是什麼傷天害理的事。當然，她絕不會寫得那樣大膽露骨，為了吸引有質素的客人，那多少是須要花點心思的。於是，她鼓起了勇氣，回覆幾個單純吃飯聊天的留言，並鍵入兩行字：

> Bella，18 歲，$500 陪食飯行街傾偈，其他服務另計，不提供性服務。

「珍多冰」三人在教室內圍坐着聊天，她們似乎各有心事，往日的歡快笑聲不再。

真真試着打破沉默：「你們這週末做過什麼？怎麼沒精打采的？」

「我都在爸媽的小店幫忙，是睡不好吧。不過，走冰，你真的很奇怪呢！喂！走冰！」多多推了推走冰。

「什麼？」走冰這才回過神來，長長的打了個呵欠。

「你和阿 Black 怎麼了？ Kawaii Baby 聽到你們一起，似乎不太高興。」多多好奇地道。

「不過是看了一場電影，後來也有一起逛逛街吧……沒什麼特別。」走冰冷淡的回應，使真真和多多

猜她有所隱瞞。

真真關切地看着走冰，說：「你認識阿 Black 後，整個人都變了！除了整天神不守舍，一副昏昏欲睡的模樣，更有意避開我們似的。我覺得，你一下子變得很難觸摸……」

「哪有？你們太敏感罷了。」走冰打斷真真的話，站起來，搖搖晃晃的離開。

真真與多多無奈地看着她的身影遠去。

「你怎麼最近不理睬我？」Kawaii Baby 充耳不聞，阿 Black 緊張兮兮地舉起三根手指：「我發誓，我和她真是清白的！你應該知道我愛你呀！」

說罷，阿 Black 從後環住她的腰，希望這親暱的動作能使她怒氣全消。

「你還敢說和她毫無關係？」Kawaii Baby 從懷抱中掙脫出來，拾起桌上的阿 Black 的手機，屏幕上剛好亮出一則短訊：「想念你，你在哪裏？」

「證據確鑿，這叫我怎能相信你？之前你經常和她外出，總有不同的藉口，我都沒說什麼；你不回覆我短訊，我也能找出不同原因說服自己，因為我相信你。但你們……我就是無法相信你們是清白的！」

阿 Black 忍氣吞聲，謹慎地應對：「你知道，她發現了我販毒的祕密，如果我不討好她，她可是有機會去報案的！假如我被捉了，便不能每天都看到你，我可受不了！再者，你又何須怕我變心呢？論外貌，你比她漂亮；論身材，你比她好，論性格、品味，她無一能及，而且你那麼愛我，我怎會捨棄一朵鮮花而去選擇一株草啊？」

聽完這番花言巧語，Kawaii Baby 的臉色略轉寬容，阿 Black 又把她拉進懷裏，她已不再抗拒，並泛起一絲甜美的笑。Kawaii Baby 深受客人熱愛，那些人起初都當她是尋開心的對象，日子久了，熱切追求她的大有人在，但她早已分不清什麼是逢場作戲，什麼是真

愛，像阿 Black 這樣的感情，即使浮淺，卻多少叫她心裏踏實。

為了練習歌唱比賽，真真、多多與走冰在放學後留在教室。

「這一句，你走音了，試試運用丹田氣吧。」走冰完全不在狀態，真真積極鼓勵她，「你以前唱到的！」

走冰卻有情緒，強烈不滿地回應：「那麼高音怎樣唱呀？我昨晚才睡了三小時，簡直累死了。我沒心情，不練習了。」説罷，她拿起手袋，頭也不回地離開。

看着走冰的背影遠去，真真歎了一口氣，回身看向多多。而多多竟説：「走冰走了，繼續練下去也沒意思。時候不早了，我也有約！今天到此為止吧。」

原以為會得到多多安慰，沒料到她也一樣匆匆而去，真真看看手錶，她們才開始練習十五分鐘就各散東西了。她抬頭仰視灰濛濛的天空，雲霧積聚卻沒降下成雨，今天究竟哪兒出錯了？真真有一種想哭的衝動。

離開學校後，真真獨個兒光顧二樓咖啡室，選了靠窗的小圓桌，點了一杯熱牛奶咖啡，把溫度鎖在手心裏……把喧囂的世界留在窗外，街道人來人往，一對對的親密情侶，只令她黯然。霎時，眼下有一對走得非常親近的男女經過，説是「親近」，而不説是「情侶」，是因為那男的年紀大了一截，兩人走在一起不很協調，而且，她確定兩人不是情侶關係，因為那女生是她認識的——少女化上濃妝，把長髮散落肩上，穿着斜肩上衣、牛仔短裙、黑色及膝皮靴，側背着鮮橙色的手袋，造型非常引人注目，她會是多多嗎？與她同住公共屋邨，家裏經濟並不足以消費潮流衣着的多多。

多多不可能與大叔約會吧？應該是看錯了，真真這樣勸服自己。

連晚上最後一套電視劇都播放完，媽媽返回房間休

息，真真仍坐在客廳沙發，思前想後，她終於拿起電話筒。

「多多，我今天看見你了。」

「我們一起上學，一起練歌，看見我才正常吧？」多多戲謔道。

「你離開學校後，我看見你了。」

「你……想説什麼嗎？」多多的聲音變得有點虛怯。

「那人是誰？你急着離開，就是約了他？」真真的話音劃破夜的寧靜。

房間內，媽媽嚷叫道:「這麼夜了，怎麼還不睡？」

真真拿開話筒，向房間內回應：「快睡了。」

話筒另一端傳來多多的聲音：「冷靜一點吧……是的，那是我客人，我最近開始做兼職。」

「多多……你……怎麼事先不商量一下？」

「別那麼煞有介事的。做援交沒什麼不好，我們認識 Kawaii Baby 後，多少都知道。只要陪客人逛街吃飯，便能賺到可觀的收入，説實在，我真後悔現在才發現這份絕世好工。不然，生活就不會過得那麼捉襟見肘，我鍾情的 agnes.b 手袋和頸鍊，早已是我的囊中物了！」多多認真地說。

「你做援交就為了買名牌？」真真不可思議。

「也不只為這些。」多多頓一頓，「看見爸媽那麼辛苦工作，每天才賺得一千幾百元，稍一不慎收到告票，那天就白幹了。我覺得他們很可憐，而我有這輕而易舉的賺錢方法，為什麼不幹？」

「但……你不怕嗎？都是不認識的男人，假如那人心懷不軌，你怎麼辦？」

「別想多了，只要揀選人流多的地方見面，那人一定不敢胡作非為！何況，我已表明不提供性服務，不會有問題的。說實話，我不只與一個客人外出了，也算是有點經驗。這些人對我很好，他們免費的帶我四處吃喝玩樂，和他們一起，我完全能感受到被寵愛是怎樣的，就如灰姑娘一樣，能在一定的時間擺脫被指使，低下的身分……」多多陶醉於自己的世界。

「我完全能感受到底被寵愛是怎樣的……」真真的腦海中，留下了這樣的一句話。

秋天的氣溫清涼，Kawaii Baby 家的窗戶大開，懸在窗櫺上的貝殼風鈴叮叮作響，那是一次她陪客人到蘇梅島渡假時，沙灘上的老婆婆主動向她推銷的。這類型才二百珠的小玩意，兑換了才值五十元港幣，同行的客人搶着為她付錢，她卻堅持買給自己。

至於這間位處鬧市而清靜安舒的單位，是 John 早年買下的物業，他既無意出售，也懶得放租，便說讓給 Kawaii Baby 住總比懸空的好，以方便工作繁忙的他常來相聚。即使這裏有夠多的衣服、手袋，卻沒令她感到滿足，但每次看着風鈴敲擊的畫面，那清脆的妙音，倒令她有一種安靜的感覺。

此刻，Kawaii Baby 側臥在沙發上塗指甲油，手提電話響起。她放下指甲油，騰出一手接聽。屏幕顯示出真真的名字，叫她多少感到驚訝，她隨即換上爽朗的聲音，道：「真真，你找我有什麼事？」

「你……知道多多在做援交嗎？」

Kawaii Baby 甚是驚訝，卻平靜地吐了一句：「哦，是嗎？」

「我很擔心她，你能幫我勸勸她嗎？你說的話，我相信她必定會聽的！」真真憂心地說。

「奇怪，你為什麼自己不去勸她？別忘了我也是做援交的。」

真真頓時語塞。

「我並不認為做援交有什麼問題。我曾告訴過你，這不過是一種服務性行業，不一定要出賣身體的。我們有自主權的呀！做援交能尋找戀愛感覺，幫助他人，更能賺錢，有什麼不對？」

「但……但是……」真真欲言又止。

「你是怕人人都如 Roger 般吧？其實沒什麼好怕的，男人都是為了得到女人的身體，多多小心點，懂得

保護自己，就不怕受傷。」

Kawaii Baby 又說：「不過，凡事都有例外，例如阿John。他既細心體貼，又風趣幽默，我有不少這樣的客人。希望多多的客人亦是這樣吧。說真的，我不擔心多多，反而擔心你呢！你仍未能放下與 Roger 的一段感情吧？」

「沒有啊。」真真馬上辯稱，連自己都覺得說服力不足。

Kawaii Baby 的嘴角微微揚起，說：「別再自欺欺人了。你還在為他難過。你是好女孩，值得被珍惜、被愛護。不如，我介紹一些男生給你認識吧，可能會遇上真命天子。感情的事無他，在哪裏跌倒，就在哪裏站起來，撫平傷口，讓舊愛知道你依然活得好好的。」

「可是……」

真真的想法有所動搖，Kawaii Baby 乘勝追擊：「沒有什麼可是，先試試吧！你不喜歡被愛的感覺嗎？你不想活得更好，讓那個傷害你的人後悔嗎？我們是好姊妹，要相信我絕不會害你的，我是在為你着想呀！」

聽着 Kawaii Baby 的話，真真再度想起多多那句「我完全能感受到被寵愛是怎樣的……」

「好吧！」真真說完，又猶疑了：「我怕不知該說些什麼才好。」

Kawaii Baby 按壓着心中的雀躍，說：「我有一位日本朋友，他叫田中野仁，是著名的唱片監製。你們都是喜歡音樂之人，相信一定有話題的。要是你願意，我就把這個機會讓出來吧。說不定你除了找到一個好男友外，還能被看上，實現成為歌手的夢想呢！」

真真心裏燃起了希望，也感到 Kawaii Baby 真切的關心，感激地說：「你對我真好！謝謝你。」

褪色的底線 07

陳守賢

時鐘酒店浴室內，多多刻意把臉孔湊近花灑，讓水珠打在皮膚的力度，使自己清醒一點，想想現在究竟怎麼了。

今天，多多應網上客人的約會，下午三時來到旺角潮流特區商場門外等待，客人的名字叫Jeff。

一如其他客人的服務，多多會陪伴吃晚飯、看電影、牽手，搭膊頭是額外服務，會增加收費。如此三四個小時，她就能輕輕鬆鬆賺取好幾百元。多多計算過，用這方式繼續下去，本月就可賺得四千元了。

因為已有經驗，多多不會對援交抱有浪漫憧憬了，並作好心理準備，前來赴約的不是胖子，就是宅男——只要不是禿頭大叔就好。但今天的Jeff就是不一樣，他個子高大、結實黝黑、單眼皮卻雙目明亮，輪廓特別好看，這種質素的客人，確是令她驚喜。

兩人簡單介紹後，Jeff輕輕牽着她的手，並肩來到一間餐廳。這一回，多多竟沒有議價。

同樣，Jeff很懂得紳士風度，飯席間，說話總是溫聲細語，並對多多呵護備至；多多甜絲絲的，暗暗覺得自己幸運。

「今晚別走，陪陪我，好嗎？我是真心喜歡你的。」Jeff凝神看着她，情深款款。

多多有清晰的底線，她絕不會為金錢出賣自己，但她與Jeff之間，會否有更進一步的感情發展？超出現時的金錢關係的感情？想到這裏，多多就有一種心馳神往，也不覺把所謂的原則拋諸腦後，害羞地點了頭……

水珠沙沙地灑落身上，叫她想起曾聽說女孩子的「第一次」不免痛楚，但Jeff剛才無比溫柔，處處流露出體貼和關懷，這加強了她的信心，使她相信這當中包含着那麼一點點真摯的情愫。

Jeff興許是真心的，多多的心蕩漾起來。

只是，她又有點擔心，如果跟Jeff真的戀上了，那

該怎麼辦？如果他待會兒情切地表白，她該怎樣回答？拒絕的話，恐怕會叫他傷心，答應又如何？遇上這麼好條件的男友，還有什麼好猶豫呢？可是，誰不介意女友做援交？即使她表明自己一直堅守底線，他會相信嗎？

「還是別想太多了。」穿好衣服，多多深深吸一口氣，步出浴室。

室內空無一人，多多心中一凜，目光投向睡牀上拉開了拉鍊的手袋，內裏新買的智能手機、錢包內的鈔票統統不見了！

這刻，她受傷地跌坐牀上，抱着手袋哭了起來。

酒吧昏暗的燈光下，多多垂着頭，良久無話，但她已一口氣喝下了三杯啤酒，終於開口說：「Kawaii Baby，謝謝你前來接濟我。」

想到剛才在酒店房間方寸大亂，幸好還記得 Kawaii Baby 那串易記的手機號碼。而 Kawaii Baby 亦答應馬

上前來酒店付賬，想到這裏，多多為這份情味，不由得眼眶溫熱起來。

「錢丟了，可以賺回來。別難過了。事已至此，就當買個教訓吧。」多多鼻子一酸，Kawaii Baby 沒有多話，試探式的問：「這是你的……第一次嗎？」

多多咬着唇，不吭一聲。

Kawaii Baby 的語氣有點嚴厲：「老實說，起初知道你自行聯絡客人，我就有點擔心。你既不知市價，不懂得為自己爭取好價錢，更別說保護自己……」

「我……以後不幹了……」多多捂着臉，忍不住抽搭起來。

Kawaii Baby 拿起玻璃啤酒瓶，喝下幾口啤酒，又說：「幹不幹，你當然可以自主。不過，多多，為什麼你當初要自行聯絡客人，做援交呢？為什麼現在又不幹了？你真的認清問題了嗎？」

「什麼意思？」多多抬頭，眼神更迷茫了。

「你是不想再幹了，還是不想再受騙？不瞞你說，

我除了約會客人，也會為一些上班族推薦女生，我的客人經濟條件極好，付錢向來爽快。如果你信任我的話，就交我替你打點，接客、議價，更暗中保護你，讓你可以安心約會。至於收費方面，其他女生是六四分賬的，和你就五五分賬吧！」

多多止住哭泣，猶豫着；若跟 Kawaii Baby 合作，無端要與人攤分？划得來嗎？

「傻女，援交是最容易賺錢的了，就算讓我抽佣，也比你現在的收入多一倍以上呀！」Kawaii Baby 極力慫恿，「要珍惜青春啊……不過，你得比以前更加豁出去！既然失身了，就沒有什麼要忌諱的吧？」

多多想到今天的遭遇就格外不甘，拭去眼淚，點頭答應了。

兩人在酒吧門口告別，阿 Black 的電單車已及時駛至。Kawaii Baby 跳上他身後的座位，兩人的身影消失於霓虹璀璨的小街盡處。

這陣子，走冰與阿 Black 如常在家裏相聚，兩人近來交往頻密，相處也如情侶般親密。

晚飯後，走冰從冰箱上層取出一盒家庭裝雪糕，一口一口地品嚐，她把一匙子的雪糕遞到阿 Black 面前，阿 Black 張大嘴巴吃下。走冰看見他的嘴邊留下一抹奶白色，便哈哈大笑。

阿 Black 從牛仔褲後袋，取出一包白色粉末，輕輕倒在桌面，成為一條白色的橫線。

走冰知道這是 K 仔，她曾見過朋友在卡啦 OK 暗黑的房間內吸食。但見桌面只有一行，阿 Black 似乎沒有與她分享的意思。

她欺身過去，嬌聲説：「我要試！給我，給我。」

「這些不適合你。」

「什麼不適合？是因為太貴，你不想分給我吧？我可以自己買的。」走冰在手提包抽出一張金色鈔票，

「啪」的一聲放在桌上。那一陣微弱的風，把餘下的粉末輕輕吹散。

阿 Black 拾起鈔票，塞進褲袋裏，訕笑道：「大家自己人，別這樣說。你乖乖聽話，我什麼都給你。」

走冰摟着他，在他臉頰上親了一下。

阿 Black 再倒出一行白色粉末，示範如何吸食。

白色粉末散發奇妙的力量，走冰感到身體漸失重量，整個人要飛起來似的，與四周飄浮着的七彩肥皂泡一同上升。她在泡沫的幻影中，看見爸媽仍然相愛的時候，他們帶着小兄妹倆到公園盪鞦韆的場景。鞦韆高高低低的擺盪，走冰直勾勾地看着，不覺眼睛已紅了。

一幕幕歡樂的回憶，隨着時間的流逝而消失，走冰累極了，阿 Black 抱起她，把她送回房間……

微熱的斜陽透過玻璃窗，照着牀上走冰的臉，她慵懶地轉身，側着身子張開眼睛，打了一個長長的呵欠，這才瞥見牆上掛鐘顯示為五時。她翻身拿起枕邊的手提電話，是下午五時；電話屏幕同時顯示未接電話、未看訊息的數量。此時，她驀地想起學校的歌唱比賽，焦急地按下聆聽「話音留言」的鍵。

「你有十個留言 —— 喂！走冰，你又沒上學？明天放學後就是歌唱比賽，你在哪裏？我和真真想約你在比賽前再練習一次！」

「你有七個留言 —— 走冰，我是真真，你在哪裏？我們很擔心你！我們快要出場了……」

「你有四個留言 —— 我是多多呀！我們輸了！怎麼搞的？你不回來也得通知我們呀！全因你缺席，我們才會輸！你到底在搞什麼？……」

班際歌唱比賽舉行那天，因為走冰臨時缺席，真真要兼唱餘下的部分，因過度緊張而表現失準；多多人在心不在，表現大打折扣，且頻頻出錯，還未唱至副歌，這隊名為「珍多冰」的合唱組已被淘汰出局。

下台時，場內的死寂令真真和多多甚是難堪，而

Thunder Girls 的成員趁她們走過時，更悄悄地報以噓聲。

真真忍不住流下眼淚，多多搭着她的肩膀，安慰道：「別難過。你已經盡力了，都是我們不好……」

真真吸一口氣，拭掉淚水，說：「沒關係的。現在最重要是找到走冰，我們這兩天都找不到她，不知道她是否出事了？她再胡鬧亦不曾這樣……」

這時，Kawaii Baby 的電話來了，多多說要上洗手間，真真便躲到操場的角落接聽。

「今天比賽怎樣了？」

「哦，你怎麼會記得的？」

「這是什麼話啊？作朋友的，連這麼重要的事都沒放在心上，怎能說得過去？比賽怎樣了？」

「輸了。」真真哽咽。

「噢……怎麼會這樣的呢？」Kawaii Baby 稍作停頓，「我來告訴你一個好消息，我這裏有一個非常優質的客人，他是日本著名唱片監製——田中野仁。這是一個大好機會，讓他認識你，賞識你，說不定可以成為旗下歌手！」

「但……」真真知道田中野仁是知名音樂人，過往他所發掘新人備受矚目，短時間內就在亞洲樂壇走紅，若能認識他，說不定真的有機會展開星途。只是，這次應約，怎可能只是吃飯聊天那樣輕易？

「可否讓我考慮一下？」

Kawaii Baby 猜到她的心事，用力地哄她：「你怕什麼？田中先生風度翩翩，才華洋溢，你又喜歡音樂，一定很容易談得來。不過是交個朋友而已，別想太多……」

阿 Black 從洗手間出來，看見走冰坐在牀邊發愣，便上前逗她：「怎麼了？」

走冰紅着眼睛，說：「昨晚太 high，睡過頭了，錯過了學校的歌唱比賽……」

「學校那麼悶，你還想回去？」看見走冰有點排斥，他又改口道:「自責已無補於事，你也不是故意的，她們是朋友才不會怪你呢！別為這些小事煩惱，我們今天到哪裏玩？」

走冰搖頭不語，向阿 Black 伸手，一副楚楚可憐的樣子。

「剛剛醒來，這麼快就想……」

「不要這麼小器吧，我們是自己人。」

忽然，大門傳出猛力的拍打聲，阿Black應聲開門。

三名彪形大漢沒有說話，甫進來便對他拳打腳踢。其中一人拉大嗓門喊道:「欠債不還，我們要好好教訓你！」

聽見客廳鬧鬨嚷嚷的，走冰從睡房跑出來，眼見阿 Black 已倒地，又自知敵不過他們，便拿出手提電話嚇唬他們:「停手！不然，我報警！」

「即管報警吧！這人拖欠我們太歲哥五十萬，一直賴着不還，怎能放過他？」

「欠錢而已，我以為有什麼大不了的！追債就可以擅闖私人地方？就可以濫用暴力嗎？快走！不然，我就不客氣⋯⋯」

大漢摑了走冰一記耳光，惡狠狠的說：「小妹妹，我勸你別多事。否則⋯⋯我才對你不客氣。」

另一大漢指着蜷曲地上的阿 Black，說：「別說我們無情，現在太歲哥給你一條生路：一是立即還錢；二是三天後帶一批貨到廣州。」他把一個公文袋抛在地上，擲地有聲，「這裏總值一百萬。成功的話，不單免去舊債，太歲哥更不會虧待你。」

阿 Black 看着公文袋，半晌，伸手拿起它，有氣無力地吐出一句：「我⋯⋯想想辦法⋯⋯」

「哼！你根本沒有選擇。」三人嘻哈大笑後，就離開了。

最近阿 Black 老說有事，甚少找 Kawaii Baby，她

大概也能猜出原因，即使心裏憋着氣，但她就是不會表現出很在乎的樣子。她要人陪伴，就有很多人仆倒在她石榴裙下，她不要為誰哭喪着臉過日子。

剛才獨自看完醫生，她便到壽司店買外賣——步出醫務所，她就忘記了戒口清單。把外賣的食物放在餐桌上，她燃起一根洋燭，並從廚房拿出冰凍的啤酒，低着頭，一口一口地吃起來。

嗶——

手機信號響起，她瞥一眼，是John的訊息。他說：明晚帶一個少女出來，七時，老地方見。

Kawaii Baby噗哧一笑，自言自語：「我利用人？他們豈不都是一樣利用我？」雖然如此，她還是二話不說的給多多打電話。

再次看見John，多多還是恭恭敬敬地喚了一聲「Uncle」，彷彿他真是同學父親似的。

「多多，一陣子沒見，愈來愈好看啊！」John 誇獎她道。

多多靦腆一笑，以幾乎聽不見的音量説：「哪裏漂亮啊？」

John 身邊來自台灣的中年叔叔，用普通話殷勤地説：「年輕的女孩子有自信就漂亮。是不是？」説罷，他挪動身子挨近多多。

這位台灣客人是John 的生意夥伴，每年來港開業務會議，密密麻麻的工作令他喘不過氣，便要John 找些朋友來吃飯。他説「朋友」二字，當然有更多隱喻，畢竟這已經不是第一次了。Kawaii Baby 看着這人一副謙謙君子的樣子，莞爾一笑：「漂亮這回事，畢竟很主觀。兩個人走在一起啊，對上眼就好，對上眼了，世俗什麼眼光都可拋諸腦後。」説着，她別具深意地看了John 幾秒。

John 把眼光投向別處，把侍應生喚了過來，成功地避過了窘態。他熟練地點了幾道菜，以及一瓶法國紅

酒，四個人高高興興地吃喝了一頓。

杯盤狼藉之時，John 說要送「女兒」回家，託叔叔幫忙照顧小女生。

那夜離開了飯店，多多喝多了，腳步有點蹣跚，但她仍有意識，記得被帶到鬧市中的一間精品酒店，以及後來那些已經不再陌生的事。她知道，叔叔吹捧了她一夜，無非是為了那種玩意。她不會覺得幹這回事是快樂的，那畢竟是一份兼職工作，但她已經可以輕易完成任務。從客人後來沉沉的呼嚕聲中，她大概是感覺到自經提的服務令人滿意了。

兩天後，多多的銀行戶口多了四千元，那是 Kawaii Baby 存入的。多多真正經歷到，客人背境不同，報酬竟有那麼大的分別，她竟又覺得這路走來挺順利。

John 沒告別就離開了，一如既往。Kawaii Baby 如常地把他換下來的襯衣扔進洗衣機，回頭，在化妝枱的

抽屜內找到一疊鈔票。

她沒有特別興奮，把錢塞回抽屜內，又蒙頭大睡，直至真真來按門鈴。

今天下午，她將首次帶真真前往約見客人，這客人來頭不少，是日本的著名唱片監製。真真平時的衣着太普通，一看款式與布料就知道是大型連鎖店的減價貨品，這樣帶她見人，恐怕有損自己的名聲。於是，她吩咐真真提早前來選衣服、化妝，打扮妥當才赴約。

真真木無表情的前來，Kawaii Baby 便哄她道：「忘記那些不如意的事吧。能夠跟日本著名唱片監製見面，是很多女孩的夢想呢？這次他還主動付費見面，真難得。真真，不要再往後看了，你的條件那麼好，眼前的機會多着呢！要好好把握。想來想去，我還是為你感到高興。」

正午的陽光隱藏在厚厚的雲層後，天色灰暗，站在窗前的真真想起自己的生命，彷彿也將是這個調子。不知怎的，火麻仁陽光燦爛的臉，竟也同時在腦海中浮

現。

前兩天，他們在小食部相遇，火麻仁曾叮囑真真：「李少銀最近身上多了一些名牌衣物，她哪來的錢？奇怪。真真，你們是好朋友，一定要多關心她。」

真真知道這事不能讓校方知道，更別説多多的父母，她必須為好友守祕密。因此她故作若無其事，還笑火麻仁是大男人一名，看見女孩打扮好看就大驚小怪，很老套。

此時，她又想起 Kawaii Baby 説過：「你緊記我的話，援交有絕對的自主權，不過是交多個朋友而已。世界這麼大，你的選擇多着呢！別老想着 Roger 了。」

真真甩甩頭，聽見 Kawaii Baby 的呼喚，便轉身往衣帽間走去。

尖沙嘴 Silver Moon 錄音室設計別具風格，接待處的設計是米白色的，枱面擺放了一瓶橘紅色的太陽菊，

與 Kawaii Baby 和真真的青春氣息很相配。

Kawaii Baby 為真真選上鵝黃色鏤空花裙，配一件剪裁合身的白色中袖西裝外套；薄施粉紫色眼影，腮幫子也塗上淺橙色的胭脂，加上亮麗的唇彩，令人眼前一亮。

在前往赴約的計程車上，真真一直緊握拳頭。

Kawaii Baby 鼓勵道：「不用擔心，自然地聊天就好。你這樣漂亮，誰也會被你吸引的！」

「那……日本人會不會……」

Kawaii Baby 沒好氣地搖頭，笑道：「他要是另有企圖，才不會約你到工作的地方見面呢！這是全港首屈一指的錄音室，進出的都是一線歌手、頂級監製及唱片公司高層，能來這裏見識也是機會難逢啊！你真是……不要老想着人家就是存心對你有企圖。」

真真仍是滿腹疑慮：「待會兒，我要怎樣跟他談價錢？」

「這些我早說好了，你不用管，也專注向他表現出

仰慕的姿態就夠了。」

真真歎了一口氣，怯怯地說：「算吧！要唱歌，參加比賽也可……」

說時，樂壇天后Josie步出錄音室，轉身向室內的人鞠躬說：「田中先生，謝謝你的指導，你們的參與大大提升了這張新唱片的水平，我很開心呢！與你們合作，真是獲益良多！」

身穿時尚豹紋襯衣、貼身黑褲的Josie徐徐轉身，一隊工作人員尾隨其後。

「是Josie啊！」真真暗暗驚歎，沒想到可與偶像近距離接觸。

Josie離開後，田中野仁迎到門前，招手示意二人進去。

Kawaii Baby拉着真真上前打招呼，恭敬地說：「田中先生，你好。這位是程真真，十六歲，還在讀書呢！她很喜歡唱歌，歌聲甜美，而且，她仰慕你多時了。」

真真沒料到這位知名的音樂人，竟是一個滿臉油光、挺着大肚腩的胖子。

「哈哈！請進來！」田中野仁熱情地跟二人握手，並向真真露出別具深意的笑容。

錄音室裏有一座多軌道錄音台，過百顆按鈕整齊排列如千兵萬馬，列出壯觀的氣勢。錄音台後面是一面玻璃大窗，窗內掛着金色麥克風，那是在音樂節目中偶然會看見的錄音室。

「這就是天王巨星灌錄經典歌曲的地方了！」真真心裏驚歎。

田中野仁向她簡單講解錄音室的運作，真真眼界大開，更興奮地說：「田中先生，你真棒！」

他雙手插袋，說：「可惜今天沒有空檔，不然，讓你試音！下次吧！」

聽到可能出現的試音機會，真真頓時緊張起來。雖然時機不對，但想到日後還有機會，已叫她樂極了。

「早上回來後，我就沒有步出錄音室，連午飯都忘了吃，現在餓極了。你們吃了沒？要不一起到對面酒店

的 coffee shop 吃點東西吧？」

此時，Kawaii Baby 的手機收到短訊：「不好意思，昨晚吃了生蠔，一直拉肚子，很辛苦。下午的客人，我不能見了。你可否代我去？多多」

Kawaii Baby 不想得失客人，也想讓真真與田中野仁二人獨處。她在短訊答應了，轉向田中野仁說：「田中先生，對不起，我臨時有事，先走了。」

真真瞪大眼睛看着 Kawaii Baby，一臉不知所措。

Kawaii Baby 在她耳邊輕聲說：「多多有事，我得過去幫她。這是難得的機會，別錯過。千萬別開罪他。」

晚上七時許，Kawaii Baby 代替多多赴約，準時來到一間越南餐廳。多多說客人穿紅色格仔襯衫，Kawaii Baby 看到餐廳暗角有一位這樣衣着的男士，猜想正是此人。

她扭擺着纖腰走近，中年男子放下把玩中的手機，笑意盈盈地問：「你是 Bella 嗎？」

「Bella 病了，她讓我來陪你。怎樣？合意嗎？」

Kawaii Baby 揚起一抹甜美的笑容。

「不錯。」中年男子上下打量一番，「價錢是否一樣？」

「級數不同，收費本來就應該不一樣。」Kawaii Baby 揚起眉毛，自信滿滿地說：「但見你是臨時被通知的，我也不會為難你。」

「那麼你說，上牀多少錢？」

想不到這人如此性急，她笑了一聲，說：「三千元。」

男人神情嚴肅地問：「是否我給你三千元，就可以跟你上牀？」

Kawaii Baby 不耐煩地說：「是啊！三千元一點也不貴，別想砍價。」

說時，身旁冒出數名男女，中年男子掏出一張證件，說：「警察！」

08 破碎的夢想

小段

田中野仁與真真到了美麗酒店，大堂高高的天花懸着水晶燈，在黃燈照射下閃閃發亮。進出的除了各國遊客、男士不是穿西裝，就是休閒運動裝，女生也是花枝招展。

真真慶幸精心打扮過，才不致失禮。田中野仁帶她到高層的餐廳，那裏的落地玻璃窗能遠眺維多利亞港。

「在這裏坐吧。」侍應生領着他們坐在較安靜的角落。

「嗯。」真真坐下後，田中野仁並不是坐到對面，而是坐在她身邊。

真真感到怪怪的，又不敢提出，只低着頭。

「不用害羞的。想吃些什麼？」田中野仁打開餐牌，想與真真一同閱讀。他指着餐牌的某一行，湊近柔聲問：「吃這個，好嗎？」

「可以的。」真真的聲音有點震顫，身子不覺稍稍移後。

侍應來了，田中野仁說：「來兩份牛扒吧……還有兩杯雞尾酒……好嗎？」

他帶着期待望向真真，真真聽得明白，那根本只是反問句式，只好點頭。

不消一會，兩份色澤鮮明的牛扒已經送到他們面前。

「香噴噴呢。」田中野仁深深吸了一口氣，開始滔滔不絕：「每一位新人就如一塊牛扒，起初都是血淋淋，沒有什麼味道可言，而作為監製的我，就有責任了解它的特性，怎樣去烹調、選用什麼配料、幾成熟才最好呢？而我為她量身訂造的音樂就好像這些洋蔥汁、黑椒汁一樣，令它更香口美味。一位新人要有個性才受歡迎，你明白我的意思嗎？」

「作為一塊牛扒，應該對廚師絕對有信心吧？」

「哈哈……聰明女。如果不完全將自己交給廚師，

這塊牛扒的味道就會給淹沒了，更會完全糟蹋了本身的鮮味，太浪費了。」

真真似懂非懂的點頭。

田中野仁得意洋洋的說：「我縱橫樂壇幾十年，閱人無數，剛才一眼就看出你身上的潛質。如果你肯合信任我、聽話，保證不出三年，我就會將你打造成樂壇最年輕的天后。真真，你覺得怎樣？」

「田中先生，我真的可以嗎？」真真有一種失重的興奮，心想要是當上樂壇天后，除了夢想成真，還可以替媽媽爭一口氣，家裏的經濟就有保障了。

「重點不在於你可不可以，而是我願不願意。」田中野仁盯着她的胸脯說。

他們有一句沒一句的聊着，田中野仁已喝光他那杯酒，真真的還沒喝上半口。

「喝吧！很好喝的。」田中野仁定睛看着真真，眼神裏流露了複雜的內容。

真真被看得渾身不自在，她喝了一小口，便藉詞上廁所。

在鏡前洗臉，真真叫自己冷靜，但她的心還是怦怦亂跳，她心忖：「我只想唱歌而已，我在做什麼呢？」

忽然，電話響起，原來是媽媽，「喂！你去哪裏了？怎麼還未回家？」

「媽……你喝酒了？」

「哼！你快點給我回來！」媽媽説話之間，夾雜着玻璃摔破的聲音。

「媽……」真真不知如何回應。

卡擦——

嘟嘟嘟……

真真憂心不已，想馬上回家看看。不過，田中野仁在外面等待，那也是不好打發的……她只想到，還是快快吃完這一頓飯。

「這麼久。」真真回到座位，田中野仁等得有點不耐煩。

「對不起！對不起！」她連忙道歉。

看到她誠惶誠恐的樣子，田中野仁笑了。

「算了吧！看着你，我也憋不出氣來。」他的手滑過真真的手臂，「最初，Josie、小雙也像你一樣害羞的……」

真真聽到「Josie」和「小雙」，心跳急速起來——她們這麼漂亮，唱歌又這麼動聽，每次在舞台表現都會贏得觀眾熱烈的掌聲！演唱會總是爆滿，已經是大紅大紫的明星了。

未等真真想下去，田中野仁再度強調：「不用羨慕她們，你也可以的，只要願意努力……」

真真腦海裏只有明星在舞台上的風光，完全沒聽懂這話的真義，便向他點了頭。

「那麼，先把酒乾掉吧。」田中野仁把酒推向真真，她聽命似的乾了。

田中野仁滿意地笑了出來，知道剛剛加在杯裏的迷暈藥很快就會起作用。為了省卻麻煩，他便喚了侍應來埋單，並對真真說：「不如，我們換個地方繼續聊吧。」

藥力開始發揮作用，真真感到頭痛，腦海一片空白。

田中野仁扶着腳步不穩的真真，逐步走向升降機……

那天，三名大漢來走冰家裏搗亂，阿 Black 給打傷卻不願到醫院，也不讓走冰碰他。期間，走冰爸爸曾經回來幾天，阿 Black 沒交代一聲，就帶着太歲哥的公文袋走了。

走冰天天魂不守舍，她發給阿 Black 的訊息都沒收到回覆，電話更是接不通。爸爸偶爾在家的時候，也曾主動關心她到底怎麼了，她賭氣地說：「小事，你別管，不及你工作重要。」

同一天晚上，爸爸又出發公幹去了。

閒着無聊，走冰便到樓下商場的電影院看一齣戲，在漆黑的空間獨自哭了一場。回家路上，她終於看見阿

Black，他在半開放式的快餐店內吃薯條。

走冰一言不發的坐下來，啞着聲音問：「幹嗎避開我？」

「沒有。你想多了……」

「你到底想怎樣處理這事？」阿Black低着頭，「我們報警吧。」

「不！」阿Black伸手搶過電話，「警察會問原因的……」

「那……怎麼辦……他們一定會再來的……這一次把你打成這樣，難保以後還會幹出什麼來！那個公文袋……」走冰刻意壓低聲線，「你可有想過後果？偷運毒品到內地，要坐牢的……」

「不只坐牢，還要槍斃吧。」阿Black苦笑，站起來，似要離開。

「不可以！」走冰走到阿Black前，拉着他的手大聲阻止。

「小姐，我們玩夠了，你別礙手礙腳的！」說完，阿 Black 甩開她。

「那麼，我要跟你一起去！兩個人也有個照應。」走冰說得理直氣壯。

「隨便你吧。」說完，走冰就撲進他的懷裏。

阿 Black 在她耳邊說：「想念我，還是想念很 high 的感覺？」

「這……已經難以分辨。」走冰調皮地笑了。

「奇怪，Kawaii Baby 的電話竟接不通？她平常不會這樣的。」多多身體轉好後，便撥了數次電話給 Kawaii Baby，但一切來電均被轉接到留言信箱。

媽媽知道她病了，就叫她在家休息，別到小店幫忙。然而，她還是想知道 Kawaii Baby 怎麼了。

於是，她向弟妹塞了一百元，叫他們不要向父母打小報告，便逕自出門。

來到大街上，她快步跑向的士站，打算直接乘車往

Kawaii Baby 在港島的家。

街道寂靜無人，多多一直快跑，豈料……

「哇呀！」先是一把男聲。

同時，一把女聲響起：「好痛呀！」

多多撞進一個男人的胸膛。

「對不起！」多多抬頭一看，竟然是火麻仁。

「咦，李少銀——」火麻仁端詳着眼前打扮成熟的女生，好一會才認得這人正是他要關注的學生：「李少銀，這麼急着要到哪裏去？」

「不……我回家。」多多想隱瞞行蹤，連忙編製謊話。

「我記得你住在前面，我正要前往的小巴站也在前面，既是同路，我送你回去吧！一個女孩子，這麼晚獨自走在路上，這是非常不安全的。」

火麻仁臉上掛着真誠的微笑，多多竟難得地不討厭。不過，她更加緊張 Kawaii Baby 的狀況，既然無法擺脱這纏人的社工，她只好假裝回家，並暗暗打算，待火麻仁離開後，再回頭乘的士。

「你們三個好友最近怎麼了？似乎沒有以往那麼親近，是吵架了嗎？因為歌唱比賽的事？你們還小，要是遇上什麼困難又不懂解決，不要擔心，來社工室找我吧，隨時歡迎。其實……」火麻仁的話總是沒完沒了，多多反應機警，及時轉換話題：「對了，火麻仁，現在這麼晚了，怎麼你又一個人在街上逛？你不是有妻兒的嗎？怎麼不回家陪陪他們？」

「我？」火麻仁樂於在對話中有互動，帶點雀躍地回應：「我剛剛和同學吃完晚飯。」

「同學？女同學嗎？」多多打趣道。

「哈哈……當然不是！那是比你高兩級的師兄，我們整晚在談升學選科的問題。」多多還是半信半疑的樣子，「我絕不和女同學單獨吃飯，特別是夜晚。君子不立危牆之下，你明白嗎？」

多多搖頭，不以為然：「之乎者也的，裝模作樣！」

「好吧，我剛才是說，明知那道牆危險，君子是不

會站在牆下的。」看見多多厭煩的樣子，他便改道:「你和吳嘉冰，還有程真真什麼時候結伴約我吃飯？」

「找個日子吧。」多多敷衍他。

火麻仁要多多與他握手為約，十分快樂似的。這個社工雖然嘮嘮叨叨的，但他喜歡和學生相處，願意花時間建立關係，特別是日常生活中的接觸與分享——這樣才能了解年輕人，有了平日建立的關係，他們在遇到困難時，就會願意找他。

轉眼間，兩人已走到多多家的大廈門口。

火麻仁一副大功告成的樣子，多多只覺納悶。兩人道別後，多多便佯裝進入大廈。一分鐘後，她又偷偷從大廈正門走出來，快步跑到馬路邊，剛好有幾輛的士在等待。

火麻仁有不少處理個案的經驗，他一眼已看穿多多在說謊，便在暗角處守候，看看她會不會有欺瞞。

「果然！」火麻仁提高警覺，也快速登上另一輛的士，進行跟蹤。

多多在Kawaii Baby的門口拍門，但一直沒人回應。

此時，躲在下層梯間的火麻仁聽到她在喊「Kawaii Baby」的名字……

Kawaii Baby 的電話打不通、家裏無人應門，多多只好折返，她乘電梯離開，打算回家。

「Kawaii Baby？不就是網上流傳甚廣的援交少女嗎？」火麻仁滿腹懷疑，但見多多打算走了，便快步跑樓梯追上她。

Kawaii Baby 住在十樓，即使火麻仁有運動底子，也不及電梯比快……

多多剛步出大廈，不遠處卻有人對她喊叫：「貝拉！」這是多多做援交用的英文名，但男人發音不清，像說中文一樣。

多多轉過身來，向身形瘦削的男人擠出微笑，又走上前說：「很久不見了，阿明。」

「我很想你，不如現在就陪我逛街？」阿明攔腰抱着多多，狀甚親暱。

多多立時推開他，半開玩笑的道：「要按規矩，先給……」

「待會兒就給你。」阿明又想吻下來，多多別過臉避開。

火麻仁剛剛跑到樓下，發現多多被男人抱着之時，他連忙跑上前，正想揮拳：「喂！你幹什麼？」

阿明怔住了，馬上放手；多多看不清來者何人，一時情急，不知如何反應，便說：「別打，他是我男朋友！」

火麻仁愈走愈近，多多終於看見火麻仁，大吃一驚……

「你……」不等火麻仁說話，多多已馬上跑開，攔截了一輛的士離開。

真真被一陣鼾聲吵醒，感到頭痛欲裂，她張開眼睛，發現自己躺在一張溫軟的雙人牀上，田中野仁熟睡的臉容，表已揭示了昨晚發生的事。

她嚇得坐直身子，極力回想昨晚發生的事，雖然她想不起什麼……最後的記憶，就是坐在升降機，田中野仁寬大的手，在她身體緩慢而迂迴的撫摸着……

真真坐在牀沿，眼淚不住流下，由無聲的落淚變成細碎的抽泣。然後步下牀，撿回地上的衣服，慌忙地穿回身上。

「醒來了？」田中野仁開張眼睛，也不賴牀，赤裸着的上身都是贅肉，他走向廁所門邊的真真，真真退後了兩步，害怕得全身抖動。

「你有點迷糊的樣子很可愛；清醒時，更可愛。」

「你在我的飲料中下藥？卑鄙！」

「沒有，一切都是兩廂情願的。你忘了啊？你想認識我，想得到機會，就把自己交給了我。你不是想做Josie嗎？」田中野仁愈走愈近。

真真僵直着身子，哭了。

「要做明星就要有所犧牲，你昨晚做得很好，這是努力的第一步。」田中野仁抱緊真真，用嘴唇貼在她的頭髮上，喃喃地說：「真香。」

真真掙扎着竭力想推開他，但渾身無力……

「你不是想做明星嗎？不是要唱歌嗎？只有我能幫你夢想成真！你是我的……」田中野仁抱得她更緊，聲音裏透着一種權力。

真真全身冒出冷汗，卻早已無力反抗。

田中野仁吻了真真的臉，正吻向她的嘴唇——

「我昨天赴約時被逮住了，剛剛保釋出來，過兩天要回去警局報到。怎麼辦？我很害怕，又找不到你，快回覆。」手機顯示着 Kawaii Baby 傳來的訊息，阿 Black 沒打算回覆，馬上關上電話。

「怎麼了？」走冰回頭看着阿 Black。

「沒事。我們出發吧。」隨即，他關掉了手提電話。

「怎麼不開電話了？」走冰搶過電話來，按鍵開機，「過關人多，很容易走失的，有電話才方便找回對方。」

「別玩。」阿 Black 搶不回手機，只好無奈地看着走冰。

「哦，你的紅顏知己傳來訊息了。」走冰看見屏幕未接電話中，出現 Kawaii Baby 的名字。她大吃一驚，道：「為什麼她會被補？」

「我天天跟你一起，怎知道？」阿 Black 終於拿回手機，連忙將電話關掉，收回口袋裏。

「Kawaii Baby 怎樣了？她幹嗎被捕？你一定知道的。」走冰追問。

「別多管閒事。現在我已一身麻煩，你還嫌不夠嗎？如果被警察知道她認識我，事情就會更複雜了。」阿 Black 小聲在走冰耳邊說。

「下一站，羅湖……」火車的廣播系統宣布。

「我不知道。」阿 Black 沒再說話，好不容易才擠出這四個字。説畢，火車已到站了，他牽着走冰的手，與她步出人頭湧湧的車廂。

「阿 Black……」走冰在車站一旁停下腳步，心裏有說不出的憂慮……

阿 Black 看到她為自己擔憂，心生感動……便又甩開她，快步走向電梯。他打算撇下她，獨自行動。

他不想連累走冰。

走冰知道，在香港被捕還好，可以推說阿 Black 被迫為毒販做事，應該可以輕判。但在內地被抓到，後果不堪設想。

「阿 Black！」這次，走冰又能及時拉着他：「不！不要去。」

「神經病！我不會出事的。你回去吧！我自己搞定這事就好。」

走冰死纏爛打：「你既不讓我幫……如果你還是要去，我就叫海關。」

這時，剛好有兩名海關關員在不遠處，阿 Black 知道她不是說笑的，只好安靜下來。

阿 Black 知道走冰心裏的想法，但此事沒辦妥，自己很快就會遭「社團」的人討罪。他莫名地懼怕起來，且對走冰生出一點怨氣。

於是，他們在福田口岸轉了一圈，吃一頓快餐式的火鍋午餐便折返。

整整兩天，走冰悶不作聲的待在家裏，她曾打過多次電話找阿 Black，卻得不到回應，同時，家裏收到班主任的奪命來電，爸爸取消了公幹，留意她的行蹤。逃課多日，走冰決定回學校「坐一坐」。

如常地，珍多冰三人組又聚在操場上自己的天地，只是如今各有心事，相對無言。

真真雙眼紅腫，顯然哭過一場。

走冰煩惱着阿 Black 的事，事情太複雜了，她也不

想多作解釋。

多多見到兩個好姊妹的表情有異，卻說不出一句安慰的話——這兩天來，她正躲避火麻仁。

走冰想起兩個好友跟 Kawaii Baby 相熟，便問：「Kawaii Baby 被捕後，你們可有跟她接觸？」

多多回答：「沒有，我們完全找不到她。」

這幾天，不同的報章與八卦雜誌都以 Kawaii Baby 的援交真相成為專題內容，她因此被冠以「援交公主」的稱號，還被大篇幅地報道出她的被捕經過，成為城中近來的熱門話題。

「喂喂喂！你們三個，」火麻仁走近，遞給他們三瓶五花茶：「為什麼你們不愛苦瓜，其實吃了苦瓜才沒那麼容易『瓜』……因此，現在送上精製的愛心五花……茶。」火麻仁見她們樣子沉鬱，便以朗誦腔說爛 gag，想哄她們笑。

三人沒一點反應，除了爛 gag 失效，顯然她們也沒有心情附和。

火麻仁是個熱血社工，這點小挫折對他來說不算什麼，繼續說：「你們呀，拿着拿着！」他堅持把五花茶塞給她們：「怎麼了，好像很不開心的樣子？」

多多抬頭望了望火麻仁，收到「回應」的火麻仁又說：「對了，李少銀，上一次你答應了我，三個一起與我吃飯……」

多多想起上一回隨口答應的邀請……

「要不就今晚，在你家樓下的龍門飯店。我請客！怎麼樣？」火麻仁笑了笑，說：「凡事總有第一次，就這樣決定。」

說畢，火麻仁大步離去，恐防她們反口說不。

真真與走冰交換眼神，不明所以的問多多：「吃什麼飯……」

「我答應過火麻仁……」多多想起火麻仁送她回家時，那真誠的樣子。

走冰向來與社工沒什麼交流，覺得他們是老師派來的間諜，她特別不情願。

「吃一次吧，幫幫忙。我下次必定推卻他。而且，反正他請客……」

「看情況吧。」走冰說。

「真真呢？」多多望向真真，真真又無聲地落下了眼淚。

出租
關係

給自己的歌 09

陳守賢

放學後，多多與真真到了龍門飯店，赴火麻仁的約。雖然作為學校社工的火麻仁經常主動示好，但從沒得到她們的理睬。這陣子發生太多事，多多和真真不知如何面對，記得火麻仁常說有什麼困難都可找他幫忙，就戰戰兢兢地前來赴約。

「我們要把一切告訴火麻仁嗎？」真真抿着嘴，語氣透着不安。

「我不知道……事到如今，我們需要協助……萬一你懷孕了怎辦？」多多說中好友的心事，急忙閉嘴，改道：「我……我說萬一而已，不會那麼容易吧……看，火麻仁來了！」

火麻仁身穿夏威夷短袖上衣、牛仔褲，腳穿 Crocs 涼鞋，依舊一副街坊造型。

他笑容滿面地坐下，說：「不好意思，我遲到了。」

多多輕按真真手背，示意她保持鎮定。

火麻仁見她們神色凝重，便嘗試開玩笑，以緩和氣氛：「別苦着臉吧！看，我帶來了自家製夏枯草，可以解熱毒、明目、清心。」說時，餐桌上已多了兩瓶深褐色的涼茶。

真真和多多對夏枯草毫無甚興趣，卻瞥見火麻仁同時擱在桌上的《七週刊》——

落難援交公主，身世大揭祕！

雜誌封面是 Kawaii Baby 被捕的照片，她身穿豹紋連身迷你裙，並用名牌手袋遮住面孔，但真真和多多一眼就認出她來了。

兩人瞠目結舌的反應，火麻仁已看在眼內。他若無其事地說：「剛才無聊買來看的，你們也喜歡看八卦雜誌嗎？我看完了，有興趣的話，你們隨便拿去……」

未待火麻仁說完，多多就把雜誌拿去，真真也挨近一起翻閱。火麻仁悠閒地倒茶，聽見多多驚叫道：「原

來 Kawaii Baby 從前是童星，拍過二十多部電視和電影。」

「你們認識她？」

「不！不認識。」真真連忙澄清。

火麻仁更感可疑，留心觀察她們的言行反應。

雜誌內文詳細揭示 Kawaii Baby 的被捕過程，旁邊附有幾幅網誌的甜蜜生活照，以及她的身世大揭祕。

Kawaii Baby 原名卓惠儀，曾任童星，五歲開始便接拍廣告，與無數天王巨星合作過。只是，到了最令童星尷尬的青春期：稚氣的臉孔漸漸成熟，既不能再演童角，也因為法例禁止十三歲以上、未唸完中三的少年人受聘於任何商業機構—— 卓惠儀的演藝生涯，在升上中學那一年無疾而終。然而，過慣了多姿多彩的生活，她對滿有紀律和秩序的校園生活生厭，因為無心向學，也不願和同學好好相處，她在學校一直是一個邊緣分子。原本打算中三畢業後重投娛樂圈，只是父母也在那一年離異。為了惹丈夫的氣，媽媽把品學兼優的大兒子——卓惠儀的哥哥帶走，留下她，與滿腹怨氣的爸爸生活。後來，爸爸再婚，給她添了一個才二十歲的後母，開始了一段中港婚姻，卓惠儀跟着領綜援金的祖母，過了好幾年苦日子，使她更體會人情不可靠。

Kawaii Baby 的成長回顧給設計成一張連環圖，圖下方，是雜誌記者王露喆的訪問：

記：為什麼當上援交？

B：這有什麼稀奇？陪朋友吃飯逛街聊天，跟許多人的工作性質也很相似啊！只是你們有人是談保險，有人是談生意，有人談藝術，我談的是感情。我也有付出時間的。客人喜歡我，願意付錢找我，陪我吃飯，送我禮物，你情我願，各取所需，有什麼問題？

記：當援交少女要有幾分姿色吧？

B：不一定的，就像買衣服一樣，歐美時裝款式新穎，剪裁合身，當然有條件走高檔路線；長得不好看，稍加上化妝也能修飾，招來一些寂寞男。我覺得姿色倒是其次，最重要還是要有自知之明，保持

頭腦清醒。我手上有一個其貌不揚的中學女生，她遇到一個長得極帥的客人，就忘形了，想和人家談真感情。結果當然是被騙失身，人財兩失。」

記：你的網誌廣被流傳，足見援交生活多姿多彩，這是你吸納新血的方式嗎？

B:千萬別這樣說！這只是我記錄生活的方式而已。

記：你做援交工作的同時，為什麼要替其他女孩子鋪路，成為她們經理人，助她們走上援交之路呢？

B：不要把我說成什麼主腦，現在什麼年代了？我們幹這種事，哪有被迫的？只是她們什麼都不懂，天真得嚇人，與其被那些心懷不軌的男人騙財騙色，不如讓我幫忙吧。我只騙財，不騙色。

記：那些由你安排援交的少女，你認為是什麼吸引了她們呢？

B：不外乎追求物質、浪漫及刺激生活吧！是的，援交是賺錢的捷徑，讓我們很容易得到想要的東西，但我有另一個女生，她就不是為錢而幹這事——她做夢也想當明星，老要我給她介紹唱片公司的製作人，像這種少女，就是用援交來走捷徑吧。挺有心計的。

記：你剛才說與客人談情，會不會談出真感情來？

B：世上哪有什麼真感情？我沒見過。只是太多人對浪漫的愛情充滿憧憬，我們便嘗試滿足他們而已。別說真感情，我知道不少同行經常碰到變態的客人，染上性病、心靈受創，有時，我覺得失去的，早已大大多於得到的了。

記：現在網上許多討論區都有這種供少女作自行宣傳的平台，為什麼還有人願意找你鋪路？

B：那就是質素的問題了，也許她們看見我的客人經濟條件優厚，我也會特別為女生悉心打扮，就是不一樣的檔次，才有高收入。女孩子，誰不貪慕虛榮？

記：如今被捕了，你可有後悔？

B：每個人都有選擇的權利，援交亦是一種有供求市場的自由交易，每個行業都要付代價，我不過是承受這代價而已。

真真歎氣，罵道：「太過分了！」

「當我們是朋友、姊妹？她一直在裝蒜！事實上，她不過想利用我們，哄我們做援交，從中抽取佣金，她並不是真心的，枉我們這樣信任她。」多多按壓不住怒火，拍案咒罵，就算火麻仁在旁，也顧不得那麼多了。

真真說不出話，她的情緒不穩，伏在桌上嚎哭起來。她想起當初如何結識 Kawaii Baby，在失意的時候，對方怎樣鼓勵自己，一切的關心，原來另有所圖。

多多還在叨唸：「哼！我們當她姊妹，她竟存心欺騙我們！」

看着眼下這一切，火麻仁大概猜到幾分了，他小心翼翼地慰問：「發生什麼事了？」

多多摟住真真，安撫她的情緒。待真真平復後，多多挨近火麻仁身旁，輕聲把所有事情如實相告。

聽罷，火麻仁沒有表現得很吃驚，也沒有責罵，反而安慰道：「我就猜到你們這幾個月有古怪，原來發生了這麼多事。」

火麻仁問及這陣子當援交的事，想了解真真與多多對自己當下的處境掌握多少。兩人表現得無知又迷茫，火麻仁也就坦言問及性行為的安全措施。這一問，才令真真抖出了被侵犯的事，她現在不只怕懷孕，也怕感染性病。結賬後，火麻仁約她們翌日到協助援交少女的機構「暴風玫瑰」，安排作身體檢查。

剛走出「暴風玫瑰」的醫療室，多多對火麻仁說：「謝謝你呀，幸好沒有染病，也算沒什麼損失。」

「別客氣，只是，你確定這樣就沒事了？」

多多怯怯地問：「什麼意思？」

「有些東西失去了，是花更多錢也找不回的。」火麻仁婉轉地說。

這時，真真掩臉抽泣：「我為什麼這樣愚蠢……」

火麻仁料到真真內心受了傷害，事實上，內心的傷害、自責，往往比身體承受的嚴重。他安慰道：「既然

過去無法挽回，就展望將來吧！人誰無過？只要真心悔改，就可從頭再來。」

「真……真的，可以嗎？」真真含淚說道。

「年輕人嘛，跌倒了要站起來，這樣才可以繼續走精彩的人生路。你不孤單，『暴風玫瑰』的輔導員，還有我支持你們。不用怕。」

在港鐵站月台分別前，火麻仁想起走冰，問道:「真真、多多，你們知道走冰近來怎樣嗎？」

「走冰……她……」兩姊妹支支吾吾，竟答不來。

「她已多次無故曠課，輔導老師已將她的名字給我跟進了。說實在，我有點擔心她……」說着，列車已駛進月台。

走冰的情況，她們一時也不知道該從何說起。

自那天在學校分別後，走冰走遍阿 Black 經常出沒的地方，都不見蹤影。她擔心太歲哥會對他不利，幸好

兩天後，走投無路的阿 Black 主動向走冰求助。走冰想到爸爸在中山的別墅，就提議與他溜到國內暫避。

離港前，走冰給兩位好友發短訊：「真真、多多，我有急事必須離港，不用掛心。事情辦妥了，我就回來。」

三個月後，七色電視台舉辦「樂壇接班人」，真真鼓起勇氣參賽，並一步一步地通過不同的考驗，進入決賽。

看着真真在台上自信地演繹《給自己的信》，火麻仁感到欣慰，令他想起真真和多多頹然無助的樣子。幸好，她們願意面對，漸漸認清問題，付上的代價，也終於學會了一課。

當知道七色電視台舉辦《樂壇接班人》歌唱比賽，火麻仁便鼓勵真真參加，希望她努力，憑實力去實現自己的夢想。

正當真真陶醉地唱着時，台前升起一張金燦燦的龍椅，坐在上面的正是田中野仁。

真真頓時嚇得雙目圓睜，臉色蒼白，頻頻唱錯歌詞：「懷疑我當天幾多歲／令我寫了七句不怕流淚／懷疑我永遠不會累／就來十行列明十個錯舉……」

「糟糕！竟遇着這個渾蛋！」多多暗叫不妙。

其他評判和觀眾看見原本狀態大勇的真真，忽然神不守舍，都感到莫名奇妙。

真真無法集中精神，腦海裏浮現出田中野仁淫穢的笑容，心裏極難受；但她不想就此放棄，不想叫台下的媽媽、多多及火麻仁失望，只好硬着頭皮繼續唱。

火麻仁高聲向台上呼叫：「真真，不用怕！堅持下去！」

媽媽也揮手喊道：「真真，無論如何，你都是最棒的！媽媽支持你！」

接受輔導期間，真真除了向媽媽坦白了一切，亦鼓勵媽媽找社工傾訴，母女倆慢慢走出情緒的幽谷。

瞥見台下媽媽、多多和火麻仁聲嘶力竭地為自己打氣，真真不由得眼睛濕潤，心忖：「他們這般愛我，我不可辜負他們！就算贏不了，我仍要用心唱下去！」

她鼓起勇氣繼續唱：「祝福我能遊歷萬國／怎麼我還奴役自己／不甘心在天天很多錯失的證據／這封信如明亮大鏡／這封信能明白自己／寫得低但怎麼拋低理想的散去……」

真真完全投入音樂裏，希望以這首歌鼓勵多多、走冰和自己——擺脱過去的陰影，勇敢地向將來邁進。

「對！堅持下去！我們要一起站起來！」多多舉起「真真必勝」的閃光牌，跟程媽媽和火麻仁同心打氣。這塊價值五百元的閃光牌，是她最近在快餐店當店務員賺錢買來的；雖然當店務員不及援交賺錢容易，但如今不用為利益而出賣自己，又不用時刻擔心患上性病，多多的快樂遠勝從前。

阿 Black 與走冰呆在中山三個月了，完全與外界隔絕。走冰掛念真真和多多，很想回去與她們相聚。有一天，她收看香港七色台的頻道節目時，得知真真參加「樂壇接班人」歌唱比賽，並入選最後四強。走冰更是渴望能回港支持好友，但阿 Black 怕她獨自回去太危險；又怕若兩一同返港會惹禍，所以萬般不願意。

直至兩人身上的錢差不多用光了，才答應與走冰冒險返港。走冰慶幸能趕上好友參賽的日子。

甫離開皇崗口岸，就鬼鬼祟祟地乘直通巴士。走冰打算先帶阿 Black 回家安頓，再趕到電視城支持好友。

太歲哥得知阿 Black 與走冰來往甚密，為了尋找失蹤多時的阿 Black，已派手下在走冰的家附近埋伏。

阿 Black 擔心行藏敗露，就故意與走冰繞道到大角嘴，再抄小路到奧海城。怎料，他們還是逃不出這天羅地網，在大角嘴的街頭給遇上了。

幾個紋身大漢把阿 Black 和走冰迫入狹窄的後巷，其中一人捉住走冰，其餘的就掄起拳頭，狠狠地向阿

Black 揮去。

看見阿 Black 不支倒地，抱着肚子不住呻吟，走冰又急又怕，奮力掙扎、大喊：「阿 Black……別打！」好不容易才掙脫過來，走冰打算擋在阿 Black 跟前，卻又被抓住了，更遭大漢打了一記耳光，隨即不省人事。

此時，幾個正在巡邏的警察經過，紋身大漢一溜煙似的溜了。警察上前，把傷痕累累的阿 Black 拘捕送往醫院。

「讓我闖出新世界 / 交出真個性 / 假使想愛必會找到親愛伴侶 / 突然十年便過去 / 方知歲月冷漠似水……」

真真愈唱愈起勁，全場觀眾都為她拍掌伴奏，在眾人的鼓勵下，她終於把歌曲唱完，在台上深深地鞠躬。

此時，真真頓一頓，向鏡頭說：「衷心感謝大家對我的支持和鼓勵，這半年來，我成長了不少，相信不少年輕人跟我一樣，對未來滿有憧憬，渴望擁有一切；但

我現在才發現自己渴望的事竟是那樣的虛幻——沒有最厚實的愛，我是無法走到今天的，我終於知道沒有什麼比家人、師長和朋友更重要了，全因他們的愛護與關心，我才能認清什麼是對，什麼是錯。《給自己的信》正是我的心聲！在此，想將這首歌送給每位愛我的，以及曾經傷害我的人。」說時，真真望向田中野仁，他卻故作不經意的轉臉迴避，「你們幫助我成長，讓我明白什麼是人生！我愛你們，謝謝。」

「真真，我們一樣愛你！」多多在台下雀躍地歡呼，火麻仁則點頭，與眼泛淚光的程媽媽相視而笑。

「落難援交公主，身世大揭祕」後記：

小記很難想像，眼前這位樣子清純的十九歲少女Kawaii Baby，已參與援交多年，更難相信當年她就是人見人愛的童星小敏，而現在竟當上扯皮條。

跟 Kawaii Baby 談話，她過分自信的笑容及老練的對答，令我沒來由的感到心寒。青春有價，沒有學歷，沒有專長的她，小時候在星途中迷失自己，在家庭中扭曲了對愛的理解，滿腦子想着如何善用天賦的青春，將每一個親暱的動作標示價格。客人付上現鈔，她付上柔情，各自得着安慰與滿足。訪問中，她非常強調援交怎樣帶來物質享受，也不住強調那份被擁抱的愛的感覺。但她根本不相信，世上有真正的愛。

同時，小記追訪了 Kawaii Baby 當年所讀中學的師友，卻發現沒有受訪者願意與她扯上關係，也不願對她作出評論，而聽說 Kawaii Baby 早已患有性病，飽受身體折磨，精神錯亂。

對於面臨的起訴、性病的困擾、親友不願相認的 Kawaii Baby，我再重看她在網上展示的種種幸福生活，更感受到援交於她，不過是一個彌補失落的假象吧。

後記：互動互愛

過去兩年，因着最愛的嫲嫲及妹妹相繼去世，我陷入了情緒低潮，完全沒能力執筆創作，以致沒有新作品面世，未能與讀者交流。對一個寫作人來說，委實是一種折磨及遺憾。

感謝教育城舉辦是次「故事續寫活動」，並突破出版社的邀請，讓我有機會參與其中，再次提起創作的勇氣。其實在考慮參加之前真的充滿掙扎，因擔心未能即時重拾寫作的能力而應付不了，亦知道續寫絕非易事，故事的發展往往不在自己控制之內，極具挑戰！

當知道這次續寫計劃的主題是「援交」，及後進行資料搜集後，我看到這現象的嚴重，令我既痛心又擔心！所以激發我排除萬難，挑戰自己，戰兢地接受這個任務，希望盡我所能為年輕人帶來鼓勵與反省！

萬料不到，寫作的過程是如此艱鉅及有趣，因每次當我為故事埋下伏線時，無奈讀者接續寫作時，這些點子通常都會下落不明或面目全非，令我哭笑不得，同時，他們的創意亦能刺激我的思維，開闊我的眼界，想不到這竟又是一個令我異常享受的寫作歷險過程。

愈深入探討「援交」這課題，愈發覺現今年輕人扭曲的價值觀及自我形象的低落，很多悲劇的發生往往只是一念之差，身邊朋輩的影響更是不容忽視，好的朋友彷如天使，能及時給予提醒，壞的朋友就會令你愈踩愈深不能自拔。

與讀者建立友誼一向是我的心願，過去多年，我一直盡力透過每本作品與他們分享成長中的甜酸苦辣；今次，希望同學們都能透過真、多、冰三人有所領悟，提防援交陷阱。

衷心感謝每位參與及支持這次續寫活動的同學、朋友們，你們為故事添上了色彩外，更大大激發我重拾寫作的決心，從你們所寫的字句，我看到無限的創意；從你們熱情的參與，讓我深深感受到與你們同行的可貴！

這次續寫，再次燃點我那顆對寫作火熱的心；原來這次續寫是一次生命扶持生命、互動互愛的習作。

感謝教育城的所有朋友，讓我展開這次難忘的寫作之旅！你們的工作實在祝福了無數年輕人。

感謝編輯心靈，你的同行及幫助令我重拾信心，令整個活動得以順利進行。

感謝本書另外四位作者，以及眾多投稿的網上作者，沒有你們精彩的參與，這書無法完成，希望大家繼續努力，用筆桿寫出美好人生。

最後，我要衷心感謝耶和華上帝！祂並沒有應許天色常藍，但有祂同行，人生中的種種奇遇，都充滿着祂賜的奇異恩典。

謹以此書獻給我最愛的嫲嫲及妹妹，謝謝你們令我的生命充滿愛的回憶，永遠懷念你們。

陳守賢

2011 年 6 月

網上作者簡介

《出租關係》是作家陳守賢與網友一起參與香港教育城「故事續寫」的活動。本故事共有 9 章，其中 1、3、5、7、9，共 5 章由陳守賢撰寫；2、4、6、8 章分別由網友續筆。

有關《出租關係》的網上版本故事及讀者回應，請登入香港教育城網頁瀏覽 http://www.hkedcity.net/student/eworks_story/15/，在此感謝各位網上讀者的支持，也恭賀四位榮登續寫榜的網友：翎羽、梁淼淼、青日、小段。

翎羽

原名朱鳳翎，高中生，參與網上故事續寫活動，作品〈無限戀愛世界〉被選入編成本書第 2 章。

梁淼淼

熱愛文字，熱愛創作的大學生。自中學起開始小說創作，渴望將腦內的奇怪構思化成文字，透過文字訴說心裏的故事。參與故事續寫，是意料之外的機會，是次作品獲選亦提醒了我，想更接近夢想的話，未來要寫得更好。

青日

原名李樂晴，高中生，參與網上故事續寫活動，作品〈新的開始〉被選入編成本書第 6 章。

小段

基督徒。筆名來自某電影之男主角，自己偏偏是女兒身。

單純到極點。極相信阿甘説的：「Life was like a box of chocolates...You never know what you're gonna get.」

單純地生活，愛做夢、愛寫作，所以高考期間仍不知死活地投稿——稿件現印於此書第 8 章。

相信「文以載道」。相信人應該懷抱夢想。相信愛。相信讀者會透過 siudyun@hotmail.com 和我聯絡。

其他
續寫改編作品

《DeXtiny · 迷網》

作者：吳家榆、KHART等

沉醉於網絡空間的中四學生楊忠銘，為了尋找在MSN對話時突然失蹤的同班好友何燕芝，竟意外闖入怪異的電腦遊戲世界……

《嘉薰醫生 4 死亡密碼》

作者：陳嘉薰

豪門之後無端夭折、暴斃，遺骸留下連鎖緊扣的死亡密碼，神祕恐怖。偵探頭腦細密，精通法醫學的嘉薰醫生，這趟竟廣邀網上各路英雄獻計。結果破案神速，還是案情更趨複雜迂迴？

《少女日記》

作者：阿濃、素凡、劉薏、魚B

這日記原本屬於一名女孩，卻輾轉地落入一個男子手中，他從日記中窺看到她生活上的種種矛盾…… 她經歷了父母離異的打擊、與老師 L.Y. 像霧又像花，似真疑是假的情感糾葛，令她進退維谷，不知如何是好……

膺選香港教育城 2004 年度「十本好讀」